廚娘很有事 上

文創風 820

不吐泡的魚 著

目錄

序

不吐泡的魚

因為從小跟爺爺、奶奶在農村生活，對農家生活有種別樣的親切，再加上本人是個吃貨，於是突發奇想想寫一篇讓人感到輕鬆的種田美食文，然後就誕生了這本小說。希望每個人的生活都如文中的主角一般順利開心，就算遇到困苦磨難，也要筆直向前。

第一章

遠處雞鳴三聲，林滿從夢裡驚醒，睜開眼睛看著黑漆破敗的屋頂，緩了好一會兒才從那光怪陸離的夢中醒來，待適應了屋裡昏暗的光線，便麻利地從木板搭成的床上爬起來，對於這樣的早起，她已經開始習慣了。

秋日的早晨有些涼意，林滿便多穿了一件褂子，雖然已經縫補得看不出原樣，但她卻沒有什麼衣裳可挑剔的了，這個家連一個子兒都沒有了。

來到這個不知名的時空已經快半個月了。她原本打算好不容易過年了睡個懶覺，怎知一覺醒來卻來到這個叫小蒼村的地方，陌生的環境、陌生的人，就連身體都不是她自個兒的。

這具身體的原主也叫林滿，是個苦命的女人，才十八歲卻已是二次守寡。她第一任丈夫在成親前一日，上山砍柴不慎跌落摔沒了。

想不到這望門寡才守不到一年，她就被她兄嫂以五兩銀子賣給了現任的丈夫做續弦沖喜，沒奈何現任丈夫早已時日無多，她嫁過來兩個月人便一命嗚呼了，她那上了年紀的婆婆禁不住打擊，跟著去了，留下了丈夫和先頭那位所生的女兒，沈平平。

原主既悲又憤，悲的是自己兩次守寡命真苦，憤的是這第二個是個短命鬼也就罷了，偏偏什麼財產也沒留下，反而給她留了個大包袱，那沈平平還不滿三歲，到她出嫁也還有十幾年的米要吃，她上哪兒弄去？況且嫁出去的女兒潑出去的水，她老了還能享到繼女的福？到頭來還不是竹籃打水一場空！

原主越想越難受，越想越不甘，她什麼都沒撈到反而還得倒貼出去，看那沈平平自然沒有好臉色，心情不好了罵兩句，煩躁了打一頓，吃飯更是有一頓、沒一頓，餓得兩歲多的沈平平又瘦又弱，還不如隔壁一歲的虎娃結實。

現在沈家原主最大，也沒有其他人，誰也管不了原主對沈平平做了什麼，倒是鄰里的一位周姓嫂子看不下去了，出來對她說了幾句。「現在沈家只有妳母女兩人相依為命，妳將那孩子養大了，心裡能不記著妳？只要不遠嫁還在妳跟前，等妳老了也能孝順一二，何必這麼苛責？若把孩子折騰沒了，妳難道就有好的？喪盡天良不說，得了惡母的名聲就算想再嫁也難得很，妳難道真要自己過一輩子？」

原主聽了只覺得都是站著說話腰不疼的，且不說以後如何，現下來看養活個孩子哪有這麼容易？對那位嫂子自然也沒有好臉色了。

原主怪老天爺給她如此坎坷的命運，悲憤難以自制，一個月前受了風寒，沒奈何沒錢治病，再加上憂慮過多心氣不暢，便一病不起，再醒來時靈魂卻換了人，成了二十一世紀的林滿。

林滿新來乍到時，也是十分惶恐不安，不過現在已經接受了這個事實，既來之則安之，日子不僅要過下去，她還要過得好才行。

穿好衣服出了主屋，路過西屋門口時她佇足聽了會兒，什麼動靜也沒有，料想裡面的人睡得還很熟，林滿便放輕了手腳轉身進了廚房，開始燒水做飯。

摻了大半鍋水，摸到火石點燃柴火扔進灶裡，屋裡頓時跟著明亮不少，林滿坐在灶前，身上漸漸有了點暖意，看著熊熊燃燒的火光，她的思緒不禁又飄到了昨夜的夢裡。

夢中她去了一個既美麗又荒蕪的地方，那裡有眾多奇花異石，燕語鶯聲，但周圍卻是一片未耕種的土地，似乎很久沒有人來打理過了，土裡都長了不知名的雜草，看著十分可惜。

大片的田地靠著一條清澈見底的小溪，小溪約莫只有兩公尺寬，有一尊手持短鋤的仙女像倒臥在地上，上面已經落滿了灰塵、布滿了蛛網，看上去十分蕭瑟，仙女像背後便看不清了，霧濛濛的一片。

溪邊有一座木橋，已經朽得不成樣子了，中間的木板也早已斷裂不見，林滿想去對面看看也不成，只得放棄。

回身看向長滿雜草的田埂，在這秋日裡，她卻看見了初春才有的野菜，雖知是夢，卻也讓她驚喜不已，摘了不少，直到兜裡都放不下了，採摘的地方卻像是有法術一般，沒多久便又長了起來，似乎採之不竭、用之不盡。

沈家為給沈郎治病，除了房子什麼都賣了，想吃菜只有去挖野菜，有時候鄰家好心的嫂子也會送一點來，像這樣想有多少就有多少的日子果真是只有夢裡面才有的，就連野菜的香味都那麼真實。

林滿摘得滿意了，直覺告訴她與對面的仙女像有關，她便朝仙女像拜了拜，嘴裡還不停亂七八糟的唸叨。「謝謝仙女娘娘，仙女娘娘宅心仁厚、洪福齊天！」欣喜還沒有多久，就被雞鳴吵醒了，林滿遺憾地嘆了口氣，還是作夢好啊，夢裡什麼都有。

鍋裡的水已經燒開，林滿便連柴帶火移到另一個灶裡燒旺，又舀了幾瓢滾水倒在旁邊的鍋裡，用來煮點稀飯，原先的灶裡只留了一堆火星將鍋裡的水溫著，待會兒平平起來好有熱水洗臉。

林滿心裡對這個可憐的孩子充滿了同情，小小年紀便沒了親爹、親娘，後娘又不是個好心的，若原主還在，只怕沈平平能不能活著長大都是個問題。

米缸裡已經沒有幾粒米了，雖說是糙米，但這是沈郎辦身後事時鄰家幾位好心嫂子送來的，讓沈郎走得也算體面。錦上添花易，雪中送炭難，小蒼村本不算富裕，這些鄰里鄉親還能送一點米來，真是讓人心裡感動。

林滿將米淘好倒進鍋裡，案板下的罈子裡還有最後一點醃蘿蔔，這頓吃了便沒有了，一想到以後的生計，她便愁得不行，手裡什麼都沒有，要找個生計也不知從何下手，還得細細規劃一番。

蹲下拿蘿蔔時，罈子旁有一個包裹，林滿記得以前這裡並沒有任何東西，她小心地打開，當看見裡面的東西，驚得跌坐在地上，手腳俱軟。

那坨東西……可不正是昨夜夢裡摘的野菜嘛！就連那包著的布都是夢中的圍兜！

林滿伸手抓了一把，捏了捏又聞了聞，確實是夢裡的野菜。

這……這難道是真的？昨兒夜裡那場不是夢？

林滿回過神來，心情十分激動，若是真的，那她只要能找到這個地方，好好打理起來，何愁沒飯吃？

一向無神論者的林滿此刻什麼也顧不得了，站起身向四方拜了拜，謝了四方諸神，特別謝了夢裡的仙女娘娘。

不管怎麼說，心裡都有了盼頭。

林滿將野菜洗淨切好，扔進沒幾粒米的鍋裡細細煮著，不多久便傳來陣陣菜香，雖說只是一鍋素菜，但對許久沒吃飽飯的林滿來說無異於山珍海味，哪裡有挑剔的本錢。

將灶裡的火滅了，只留些火石溫著鍋裡的飯，本打算去叫平平起床，一轉身便看見廚房門口站了個乾瘦的小人影，臉兒凍得通紅，手上因長了凍瘡腫得老高，那不是沈平平是誰？怕是被鍋裡的菜香勾醒了饞蟲，人也起來了。

林滿忙將她引到灶前，就著剩下的火石給她暖暖身子，沈家窮，平平又不受重視，連件像樣的衣服也沒有，她剛來的時候小丫頭還穿著單薄的夏衫，還是她拿家裡幾件大人不穿的衣服改小了，但那也是避不了寒的。

「平平醒了多久了？洗洗臉就吃飯好不好？」林滿儘量語氣溫和地和她說話，小丫頭膽子小，她哄了半個月才不像先前那般排斥她，原主給小丫頭留下的陰影實在是太深了。

平平沒說好也沒說不好，只睜著圓溜溜的眼睛看她，眼神清澈，再無初見時的懼怕。

林滿知道這是同意了，小丫頭現在還不大願意和她說話，冰凍三尺非一日之寒，兩人的關係得慢慢改善。

洗完臉擺好飯，平平盯著桌上滿滿的一碗菜飯不眨眼，安安靜靜地拿起筷子吃了起來。

林滿在旁邊看得一陣心酸，這孩子真是乖巧得讓人心疼。她剛來時還碰到過半夜渴了自己起來喝冷水的平平，被發現時一臉驚惶無措，喝口水都怕被責罰。

飯菜的香味鑽入鼻裡，林滿也端起碗吃了起來，一入口便覺得這味道不同尋常，入口清爽，唇齒留香，再抬頭看了平平一眼，見她大口大口吃得十分津津有味，碗乾乾淨淨見了底，連點菜渣都沒留下，她不禁感嘆仙女娘娘的地方就是不一般，也更加堅定了必須找到這地方的決心。

「平平，今天的飯好吃嗎？」林滿收拾了兩人的碗筷，又燒了柴把鍋裡的水燒熱，小蒼村氣候潮濕，生水冰冷刺骨，實在不敢下手。

「好……吃……」小丫頭聲音宛如蚊蚋，坐在灶前把身子縮成一團，小手伸到灶前取暖。

林滿很滿意，願意和她說話便是有進步，關係改善指日可待。

麻利地收拾完廚房，林滿從碗櫥上拿下一個陳舊的籃子，將上面的灰擦乾淨，布兜裡還剩了些野菜，她一股腦兒全裝上，這些春野菜確實不稀罕，但也要看季節，現在已是秋冬，就算翻遍整座蒼山也找不出來，可不就變成稀罕的寶物了嗎？

提好籃子，上面用布兜蓋好，林滿便牽著平平出門，她心中已經有了主意。

蒼山綿延起伏，大山連著小山，遠看寧靜幽遠，近瞧便能看見房屋瓦舍，炊煙裊裊。

小蒼村與隔壁大蒼村都是靠著蒼山而建，百年前戰亂頻仍，先祖們為了躲避戰亂才來了這兒。小蒼村說大不大，說小卻也不小，也有七、八十戶人家，只不過大多不算富足，村子地勢不好，坐落在蒼山背陽處，日頭短，莊稼收成便不是很好。

大蒼村則在山前向陽處，挨著官道，來往人多不說，地勢也平坦，日頭足收成自然好，生活便也比小蒼村好過得多，許多人想著將女兒嫁去前山，不說大富大貴，好歹能衣食無憂。

小蒼村的先輩們已經在這兒扎了根，日出而作、日落而息，雖不如隔壁大蒼村富裕，但日子也算安寧。

林滿提著籃子牽著平平來到屋後的一戶人家，這家男主人姓馮名大山，他的妻子周氏也是寡婦二嫁，命運與林滿原主很相似，在沈郎過世後，周氏對原主母女多有照顧，對原主也勸過多次，沒奈何原主不領情，以前周氏還來得勤，後來漸漸也不來了。

林滿叩響了馮家的門，開門的是一鵝蛋臉杏眼柳眉的婦人，眼角彎彎一看便是好脾氣，梳著簡單的婦人髮髻，上面插了一支梅花銀簪，一身衣裳也乾淨整潔，讓人看著通體舒服，這便是周氏了。

她看見門外的母女兩人很是驚訝，不過片刻就反應過來把人請進屋裡，上了熱茶，還給平平抓了把新炒的南瓜子，然後才問道：「滿娘今天怎麼有空來我這裡？可是有什麼難處？」

林滿確實有求而來，原主對周氏的態度讓林滿有些臉紅，她先歉意道：「確實有點事想求嫂子幫幫忙，以前是我糊塗，聽不進嫂子的話，這次生了場病差點沒熬過去，回想起以前真的是狗咬呂洞賓不識好人心，難為嫂子不和我計較，滿娘先給嫂子陪個不是。」

周氏擺擺手道：「這是說的哪裡話，妳年紀輕輕就接連遭變故，我以前和妹子妳一樣鑽進過死胡同，還好想通了，沈郎雖然走了但是妳們日子也得過，現在只剩妳們母女兩人，得好好把日子過起來，不然老時可有遭不完的罪。」說到這裡周氏的神色一下黯然起來。「平平雖不是妳親生，但好歹也是妳正兒八經的女兒……哪像我，這是盼都盼不來的福分……」

周氏與馮大山成親已多年，但是卻無一兒半女，在村子裡被長舌婦看盡了笑話，不知道被多少人在背後指指點點，在這重子嗣的古代，周氏縱使有丈夫疼愛，日子卻也過得不算順暢。

林滿不擅長勸人，況且這心病也不是一年、兩年了，哪能幾句話就勸好的，她只能安慰道：「各人有各人的福，大山兄疼愛嫂子，不捨妳下地幹重活，好吃的、好穿的一個勁兒拿給妳，瞧瞧這村裡有幾人比得上？別說其他人，就是我都羨慕的緊呢！」

林滿這說的是真心話，據原主的記憶來看，馮大山對周氏可以說是有求必應，他脾氣不算好，但對周氏一次火也沒發過，儘管多年無兒女，可對妻子還是掏心掏肺的好，就算是在二十一世紀，也找不出幾個這樣的丈夫來。

提到丈夫的好，周氏臉色好看了不少，還帶了幾分嬌羞，問道：「剛剛妳說生了場大病，現在可全好了？說說妳可是有什麼難處要我幫忙的？」

話轉入正題，林滿忙道：「好了好了，已經全好了，我有一些話想對嫂子說，還望嫂子能替我保密。」

周氏見她神色肅然，連忙保證無論聽到什麼都守口如瓶，就差指天發誓了。

這是林滿想了一早上的法子，她要找到那座仙女像，就得找個土生土長的小蒼村人指引，而且她得找個像樣的理由來讓別人相信，不然一個嫁過來的外地人突然找一座神像做什麼？不是讓人疑心嗎？若別人問起怎麼說？原主是遠嫁過來的，不但找不到一點線索，而且回憶了半天也只有周氏靠譜點，這位嫂子心地善良不說，也從未見過她和別人說三道四，這樣的人品性應當不會太差，林滿對這裡人生地不熟，也只能試一試。

只見林滿一臉為難，過了一會兒才慢吞吞說道：「不瞞嫂子，我生病時連著幾日都夢到了一位仙女娘娘，仙女娘娘住的地方和我們村子極像，有溪有地，夢裡仙女娘娘指引我去後山採藥，我本不信，但那時已經病得不行了，便想著死馬當活馬醫，去了一趟，結果藥沒找到，卻找到了這個。」

說完她把籃子放在桌子上，掀開上面的布，讓周氏看。

古人多對神明敬畏，周氏聽她講得認真，一聽她順著神明指引找到了東西，好奇看過去，頓時眼睛微微瞪大。「野菜？」過了會兒又反應過來。「這菜不是初春才有的嗎？現下已初秋怎麼還有？」

林滿繼續道：「說來也真是神奇，我把菜拿回去煮了一頓，吃完後病便大好了，當時真是又喜又驚，這樣的事真是頭一遭！昨兒夜裡我又夢到了仙女娘娘，只見神像上布滿了灰塵蛛網，便猜測仙女讓我為她淨一淨神像，再者我被娘娘救了一命，也想給她磕個頭，點個香燭，供奉點瓜果。可小蒼村就這麼大，我想了許久也想不起哪裡有這麼一座神像，只記得去前村的路上有座土地廟，難不成是土地婆婆託夢嗎？」

周氏聽完身上忍不住起了雞皮疙瘩，她是土生土長的小蒼村人，祖輩便是逃難過來的，對小蒼村十分熟悉，林滿所說的仙女娘娘她心中已有幾分猜測，然而她卻是有些不信的……難道真有神明顯靈？她問道：「妳所說的仙女娘娘，長什麼模樣？」

林滿見她神色便猜到定是有這樣的神像，只是不知道經歷了什麼事情……她心中激動，面上不顯，回憶道：「高一丈有餘，手持一把短鋤，夢裡面是在一條溪對面，可是我過不去。」

周氏突地一下站了起來，眼睛直直地看著她，嘴裡喃喃道：「是了、是了……確實是這個模樣！」意識到自己反應過大，周氏帶了些不好意思，重新坐下，有些激動道：「確實是有這麼一座女神像，那是百年前我太祖父們那一輩的事了，那時候他們剛剛逃過來，結果天降神石，說來也十分神奇，那石頭自成女像，我太祖父們只須稍加修飾便修了廟宇供奉起來，尊奉為女神娘娘，聽說那女神娘娘十分靈驗，香火也鼎盛一時，只是後來經歷了一場大地震，女神像倒了後便不靈了，然後就沒落了，我爺爺那一輩便見不著女神像了，早被那野草雜樹淹沒了。」

林滿有些急了。「那嫂子可知道女神廟怎麼走？我還是想去看看。」

周氏笑道：「這我倒是知道的。那也不是什麼秘密地方，只是時間一久人們將它忘了，小時候父親帶我去那裡玩過一次，那路我記得牢牢的。妳若方便，我現在就可以帶妳去，左右我也沒什麼事，離做午飯也還有些時候，地方不算遠的。」

林滿笑了笑，周氏倒是比自己還積極，不過倒讓她省事了。「那麻煩嫂子了，我回去拿個背簍，平平太小了身子又不好，我又抱不動，還是揹著省事！」

周氏應下了。

林滿將那籃野菜推給周氏。「這個野菜嫂子拿去吃吧，嫂子對我好，我也沒什麼好東西報答，就借花獻佛，嫂子一定得收下。」

周氏拒了。「妳家本來就缺米糧，女神娘娘給的好東西不如拿去給平平好好補補身子，小時候虧得太狠，大了可就補不回來了，等妳以後日子過好了，我要妳幫忙的時候別嫌我麻煩就好。」

林滿心中感動，收回了籃子，默默記住周氏的好。

回去拿了小背簍揹上平平，林滿便跟著周氏出門去了。

第二章

周氏說的地方確實不遠，兩人走了不過一刻鐘便到了，那是一片約莫十畝左右的田地，長滿了各種雜草和小樹苗，田埂也長滿了青苔，在樹蔭下面看著有些恐怖，這裡看樣子已經荒廢許久，一點人煙也不見。

林滿疑惑道：「這麼好的地怎麼沒有人種呢？」

周氏道：「這地荒了少說也有二十幾年了，我懂事起這地便沒有人種了，這地看著肥沃其實沒什麼用處，只長畜生都不吃的野草，糧食種下去一粒米也收不著，以前有人不信邪來開墾，結果做了一年都是那樣，白白浪費了力氣和糧食。這裡以前是女神娘娘跟前的地，百年前種什麼都能大豐收，自從女神廟倒了以後就廢了，說不定是女神娘娘留了怨氣在呢。」

林滿瞭然，難怪這裡離村子那麼近，青苔卻長得一層比一層厚，這麼詭異的地方誰也不敢來啊。

周氏又道：「我趕緊帶妳去女神廟看看吧，平平太小了，這裡不能久待。」

老人們常說小孩子容易看見不乾淨的東西，而且孩子越小越能吸引那些玩意兒，這種沒人煙的地方一般不敢帶孩子來的。

周氏在前面拿了根木棍開道，林滿已經把平平從背簍裡抱出來抱在懷裡，小心地護著她不被帶刺的藤蔓刮傷，三人穿過荒地，又往前行了一段路程，林滿就聽到周氏說到了。

林滿往前一看，映入眼簾的是夢中那條河和斷了的橋，當下雞皮疙瘩便爬滿整條手臂，震驚得說不出話。

河比夢中的還要寬很多，應有六公尺寬，河水平靜無波，泛著黑光，猶如深淵巨口，怕是深得很，她忍不住退後一步，深怕一不小心掉了下去。

周氏指著前面道：「河對面就是女神娘娘的廟了，看著近，實則遠得很啊，看見那座斷橋了嗎？也是大地震沒的，以前河水還沒這麼深，橋能架得起來，現在這河都不知道深成什麼樣了，便不敢架橋了，村子裡有船也不敢來這兒，要過去女神廟還得從蒼山旁邊繞過去，少說也得三個時辰呢。」

林滿心中有些失望，今天想去參拜女神廟的計劃只能落空。

河邊濕氣重，兩人不敢久待，林滿的目的也算達到了，兩人便又沿原路返回。

林滿計劃著，得了空還是得去女神廟拜拜才好。

回去剛好晌午，周氏問林滿家裡還能不能開伙，林滿也沒隱瞞，告訴她家裡只剩一點野菜，下午要去山裡看看能不能再採一點。周氏聽了就從自己家拿了二十顆雞蛋和半斗米給她，怕林滿不肯收下，便說是借她的，只要她別像以前渾渾噩噩的，日子總能過起來，到時候再還回來也不遲。

林滿沒有推辭，現在一時半刻她也沒有生計的法子，周氏伸出援助的手她便接下，將她的好牢牢記在心裡。

吃完午飯，平平打起了瞌睡，林滿抱在懷裡哄睡著了，但是放不了。孩子晚上不願意和林滿睡，白天卻要她抱著，一沾床就要驚一跳，眼睛半睜半瞇的不敢睡，誰叫這孩子沒了爹娘，原主對她又苛責，沒安全感得很。林滿只好一直抱著，思緒跟著越飄越遠。

她身處的蒼山位於西南方，山高樹多氣候潮濕，現在還不到最冷的時候，她想著待會兒還要去山上多弄點柴薪，不然後面再冷些日子更難過。

女神廟已經找到，現實和夢裡肯定有連結，她猜測夢裡的那塊地是今天河邊的那塊，只是夢裡的要小很多，只有一畝左右，但還是想試看看晚上能不能入夢，如果能成功種點東西就好了，那生計便不愁了。

林滿雜七雜八想了許多，不知不覺過了一個時辰，恰好平平醒了，她收拾收拾，拿上柴刀，將孩子放進大背簍去山上了。

村裡人都在前山撿柴，踩出一道光潔的小路，上山的路還算好走，不費多大力氣便進了山裡。

山林溫度低，林滿不敢進去得太深，在前山坡砍了一些乾樹枝，又用竹耙耙了滿滿一背簍枯葉用來生火，忙忙碌碌一下午，來回跑了三趟，堪堪弄夠了半個月的柴薪。

現在已經入了冬，夜間起霧早，山上也找不到什麼吃的，林滿不敢久留。

下山後遇到了一個身形圓胖的婦人，畫著濃妝，頭上戴了朵紅色紗花，林滿一眼便認出來那是村裡的費媒婆。

費媒婆是給錢便說親的主，雖說不是樁樁都是惡姻緣，但總歸沒幾件好的，原主嫁入沈家便是她去說的媒，她也有過把村子裡閨女哄去做妾的，與其說是說媒，林滿覺得費媒婆做的更像買賣生意。

她似乎剛從村外回來，臉色不大好看，林滿不喜歡她，看見了也裝作沒看見，握緊平平的手便直直往前走。

費媒婆看見林滿卻是眼睛一亮。

她今天是給鎮上開綢緞莊的馬掌櫃說親，馬掌櫃家境算得上殷實，親事卻說得不順利，那馬掌櫃三十有九，孫子都滿月了還想著要娶年輕的媳婦。看得上他的，他嫌人家閨女不水靈；他看得上的，人家女方嫌棄他年齡大，愛錢的又嫌棄他錢不夠。但凡有點姿色的，人家辛辛苦苦養這麼大，要麼嫁個疼人的，要麼嫁個有錢的，他這條件不上不下的，哪那麼容易找？要不是銀子給得豐厚，她早就不幹了。

費媒婆正發愁呢，卻不想碰見下山的林滿，腦子頓時靈光一閃，這林滿雖然是二嫁寡婦名聲不大好聽，但模樣確實不錯，而且又年輕，可不正正符合條件！費媒婆的嘴角咧出一個大大的笑容道：「林娘子這是撿柴回家啊？帶著孩子做這麼多活可辛苦了吧？」

林滿一言不發，正準備離去。

費媒婆像是沒看見林滿的黑臉色一般，收起笑轉為關懷。「哎喲，這天寒地凍的，林娘子可凍壞了吧？去我家喝杯熱茶取取暖怎麼樣？」

無事不登三寶殿，黃鼠狼給雞拜年沒安好心！

林滿冷眼看著費媒婆滿眼算計，直截了當道：「費嬸子有話就說吧，天色不早了我得趕著回去做飯。」

費媒婆用帕子按住眼角，彷彿下一秒就有淚流下。「林娘子現在過得悽苦，我看在眼裡也是於心不忍，妳年紀輕輕的卻又守了寡，後半生可該怎麼過？若是枕邊有個噓寒問暖的男人拉妳一把，不說奴僕成群，至少衣食無憂，也不枉林娘子這樣的好姿色！」

林滿頓時明白了，這費媒婆又來打她主意呢！

但她沒精力跟她演戲。

林滿冷笑一聲道：「費嬸子想多了，我是從林家賣到沈家的，還是妳在中間跑的路，我的身契可不在我這兒，沈郎去世後身契交給了村長代為保管，這些妳又不是不知道，況且我不覺得這樣的日子有什麼不好，挺自在的，若是費嬸子想再給我說門親事就罷了吧！」

林滿話中有話，費媒婆為了錢把她從林家賣到沈家，現在又想把她再賣一次，在她身上打著主意，但費媒婆忘了，她被賣過一次後，身契便不是自己的了，還想打主意？她林滿現在過得是不如意，但想拿捏她？作夢呢。

不過費媒婆是誰？臉皮不厚一點怎能吃得了這碗飯？她以為林滿是擔心拿不回身契，畢竟印象中的林滿好吃懶做，況且嫁了個活死人，又帶了一個拖油瓶，現在有門好親事，哪能不巴著她應下來？

「林娘子的身契還不好辦？去村長那裡說一聲，再補點銀錢，把自己贖回來不就得了嗎？」

林滿真的沒耐心了。「沒錢，妳幫我出。」

費媒婆心中不屑，一個破鞋還要拿喬呢？當下語氣也不好了。「我說林娘子，妳現在條件要想再嫁一個好人家可是比登天還要難啊！費嬸子我說的這門親事可是有人搶著要的，要不是看妳過得艱難想拉妳一把，妳可別狗咬呂洞賓不識好人心啊，鎮上的馬掌櫃家境可比妳現在不知道要強多少倍，過了這個村可就沒這個店了！」

林滿點點頭。「那嬸子自己嫁過去吧，鎮上的馬掌櫃我還是知道的，年齡和嬸子正配，郎才女貌正是一對。」

費媒婆臉色一下脹得紫紅，她瞪著滿是皺紋的眼死死看著林滿，活了這麼大歲數還沒被一個年輕小媳婦這麼調侃過，一時惱怒不已。

而林滿說完也不等她回話，牽著平平繞過她走了，只剩反應過來的費媒婆在後面破口大罵。

「呸！下賤玩意兒，還以為自己是黃花大閨女呢！早晚妳都得來求著我！」

回到家裡，林滿早早地弄了晚飯，給平平蒸了碗蛋羹，自己隨意煮了點稀飯，飯後熱了水，給平平仔細洗了，然後抱去西屋睡。給平平哄睡著了，林滿自己才收拾了一通，而後去廚房找了一些種子放在枕頭下面，想了想又放了把鐮刀。

床上冷得很，棉花被早就硬得跟鐵塊一樣，一點也不暖和，林滿好不容易才睡了過去，又入了夢。

夢裡空間沒有什麼變化，她找了塊挨著荒地深處的地，先除了草、鬆了土，然後播上白菜種子，又去河邊打了水澆了，河旁有個破破爛爛的木桶，倒是方便了她。

這次播種只是做個實驗，這塊地能不能長出東西、收成多少，自己心裡都要有個數才行。

林滿長吐一口氣，朝女神像拜了拜，娘娘保佑，祝我豐收！

第三章

第二天一早，林滿便去了女神像對面的荒地，她起得早，平平還沒有醒，想著路程不遠，她腳程快點應該能趕在孩子醒前回來。

秋日雖已有寒意，但林滿走得急，額上都出了些許薄汗，來到地裡也沒花費多少工夫。她心怦怦跳著，走入荒地深處，當看見田埂邊冒出的菜苗時整個人都鬆了一口氣，隨即又興奮起來，只要能好好利用，何愁賺不到銀子，解決不了溫飽？

想必周氏先前說的種什麼得什麼，便也是有人得了這塊空間吧。

她將菜種在隱密之處，這裡人煙又少，看菜的長勢一時半刻也熟不了，不必擔心有人看見這些苗子，她還琢磨著今天去女神廟一趟，看看能不能找到什麼信物，這樣就可以直接進入空間了，不然每天靠入夢實在有些不便。

林滿回去的時候，平平剛好醒來，孩子不哭也不鬧，乖巧得很，看她的眼神已經沒有先前那麼恐懼，林滿一邊給她穿衣裳，一邊和她細聲說著話，孩子已經能偶爾答上兩句，讓她欣喜不已。

「今天娘要去遠一點的地方，平平就在周嬸嬸家玩一天好不好？」昨兒她便和周氏打好了招呼，路程遙遠她帶著孩子不方便，想麻煩周氏幫忙照看，周氏熱心腸又真心喜愛小孩子，想也沒想就應了下來。

林滿本以為平平和她關係疏遠，放在周氏家她也放心，結果話一出口，平平竟是抿著嘴差點哭了出來，要哭又不敢哭的樣子，低著頭可憐兮兮的，把林滿嚇了一大跳。

「平平怎麼了？是想跟娘一起去嗎？」

平平沒有應，林滿嘆了口氣，耐心道：「娘今天去的地方遠，揹不動平平了，等辦完事就回來。」

平平噙著眼淚，口齒不清道：「不要……平平了……」

別說小孩子什麼都不懂，其實他們什麼都明白，平平知道自己沒了親人，現在只有這個後娘相依為命，要是後娘走了，就只剩下自己一個人了，所以她也很害怕。

林滿心中一酸，心中動搖了幾分，但一想到今天來去得四、五個時辰呢，一整天就這麼沒了，秋冬白日短，她還得腳程快些，不然天黑前趕不回來，只好承諾道：「不會的，平平這麼乖，娘不會丟下妳的，娘天黑前就回來，妳在周嬸嬸家乖乖的，過幾天等娘給妳做好吃的！」

平平還是不依，但也沒鬧，小心翼翼地待在林滿身邊，看得林滿眼淚都快流下來，又輕聲細語地哄了好些時候，平平才嗯了一聲。

早上吃得簡單，平平還是一碗蛋羹，家裡沒有麵粉做不成大餅，林滿只好咬咬牙捏了兩個飯糰，又用水壺裝滿水，權充是一天的乾糧。她將平平送去周氏家，周氏還拿了幾塊銅板讓她揣著，以防路上應急用，令林滿感動得不知道說什麼好。

然而看著時間一點一點流逝，日頭漸漸往上，林滿也不敢耽擱，快快地出了村。

蒼山又高又遠，林滿上山下山、淌河過橋一路邊走邊問，到了中午總算來到了前山大蒼村，再從大蒼村的陳家壩子穿過去，再繞過山梁，下個坡就到了女神廟遺址，林滿不想耽擱，歇了口氣便繼續趕路，差不多走了半個小時總算到了目的地。

女神廟為處於蒼山背陽處的女神坡頂上，是歸小蒼村地界管轄的，要不是那條河擋了路，林滿也不用從大蒼村繞過來，從女神坡望過去還能看到小蒼村，明明距離近得很呢。

女神廟倒塌多年，主體建築物早就沒了，只剩幾根柱子矗立著，和夢裡的場景差不多，只見神像躺在地上，灰塵蛛網遍布。

林滿扶起神像，再把四周環境簡單打掃了一遍，拔除了一些雜草野花。

這裡也是人跡罕至，大蒼村村民往往只是路過此處，不曾逗留，小蒼村村民就別提了，根本過不來，以至於神像也不知道孤零零的躺了多少年。

收拾完以後，林滿還供上了一些水果，這是在路上用周氏給的錢買的，她是誠心來祭拜神像的，空手而來畢竟不大好。

她朝女神像拜了三拜，口中道：「娘娘託夢於我，賜我福地，民婦感激不盡，今天特意來答謝娘娘，只是民婦人單力薄，一時半刻也無法幫助娘娘恢復往日榮光，希望娘娘能賜予信物一件，讓民婦在福地來去自如，民婦他日紓困後，定再來答謝！」說完又拜了三拜。

林滿耐心等著，但周圍只有沙沙的風聲，什麼動靜也沒有，等了許久也沒有反應，她不禁開始疑惑自己是不是想錯了，女神娘娘只會在夢裡有交集，現實裡無法連結。

就在她胡思亂想之際，一支木簪突然從天而降，掉在她身前，簪子十分樸素，是農家婦人尋常配戴的款式，林滿盯著那支平凡無奇的木簪，心怦怦直跳，她撿起木簪又仔細看了看，實在看不出什麼名堂。

她忐忑地將木簪戴上，而後只覺眼前一花，身子一輕，回過神來人已經站在夢裡的空間了。

林滿的呼吸忍不住急促起來，如此神奇的事情竟發生在她身上，她感到無法呼吸！

好不容易穩住心神，林滿先去看了昨夜種的白菜，今天早上還是菜苗，現在已經長得差不多了，照這個進度晚上就能收割了。

空間裡變化不大，林滿轉了圈就出來了，還是在原地，她拜謝了女神娘娘便開始往回趕，得趁著天黑之前回去。

林滿琢磨著，她先要籌點錢將河邊的地買下來，不然空間種什麼那地就長什麼，別人早晚能看見，不安全。至於理由嘛……就說自個兒不信邪想試試，反正那地荒了這麼多年沒人要，她就當個別人眼中的冤大頭，誰也不會想到那是塊寶地。

林滿腦子裡想著事，腳下步伐沒有停，剛下女神坡就聽到前方傳來一陣爭執，還有女人的求饒聲，夾雜著嬰兒的啼哭聲。

林滿往前多走了幾步，便看見一個抱著嬰兒的年輕婦人，容貌妍麗，眼角掛著淚，她面前站著一個流裡流氣的精瘦男子，隔得那麼遠都還能聞到他身上的酒氣，那雙狹長的眼裡滿是不懷好意，林滿用腳趾頭都能猜到發生了什麼事情。

那男的林滿見過，叫李老酒，是大蒼村李家壩的，這人整天不務正業，嗜酒如命又貪財好色，老光棍一個，附近十里八村的婦人、娘子被他調戲了遍，不知道挨了多少打。

林滿剛穿過來那會兒，李老酒跑來小蒼村撒野，差點折辱了一個剛嫁過來的新婦，那新婦的男人暴跳如雷，自己剛娶進門的媳婦疼都來不及，這畜生竟然敢動手動腳，當下便打斷他一條腿，不顧村人勸阻執意扭送衙門，結果被李老酒半路跑了，還以為是去了哪邊躲起來了，沒想到他是跑回了大蒼村。

林滿回身折了根黃荊條，這條子看著軟細，打人卻疼，多少農村的孩子都是在它的支配下長大，而後她走了過去，大喝道：「李老酒，又在發什麼瘋？」

她這一喝將前面兩人的目光都吸引過來，那李老酒一看見林滿，眼睛都亮了，不說別的，林滿那張臉確實好看，柳眉杏眼，額頭飽滿，一笑一抿，兩個梨渦就露了出來，她這個年紀又正是青春可愛的時候，不然就她這二嫁剋夫的名聲，她兄嫂還敢拿她賣錢，臉就是底氣。

林滿沒等李老酒反應過來，就直直衝上去，黃荊條一個勁兒往他身上使喚，手上動作又快又準，下手又狠，使出吃奶的力氣只打背心、腿肚這些肉嫩的地方，打得那李老酒直叫，抱頭亂竄。

光天化日還敢胡作非為！上次斷腿教訓顯然不夠，果真死豬不怕滾水燙，臉皮厚著呢！

李老酒火冒三丈，酒醒了大半，下一條子來的時候竟然接住了，一把搶過來折斷狠狠扔在地上，大罵道：「妳個潑婦！敢惹老子，今天不好好收拾妳一頓還以為妳李爺是白混的！」

林滿手腕被他緊緊抓住，心中雖然有些慌，但好歹還不亂，腦子飛速轉著努力想著脫身的方法。

此刻被李老酒遺忘在旁的年輕婦人手上不知何時撿了一塊巴掌大的石頭，站在他身後，林滿看見了，腦子瞬間轉過來，忍著噁心撲過去一把抱住李老酒，限制他的行動。

李老酒還沒從美人主動投懷送抱的狂喜中反應過來，只覺得後腦一痛，他緩緩轉頭，雙目猩紅。

林滿和年輕婦人瞬間傻掉了，萬萬沒想到這李老酒就跟小強似的，竟然打不倒啊！

「老子要妳的命！」李老酒大吼一聲，將林滿放開，轉身將雙手伸向年輕婦人的脖子。

林滿只覺大事不好，想也沒想，一把抓住年輕婦人，閃身進了空間。所以她也沒看見，兩人剛進去，那李老酒就支撐不住暈倒在地。

第四章

傻掉的林滿帶著傻掉的婦人傻掉地坐在空間的田埂上，一坐就是大半天。

她萬萬沒想到，才剛拿到信物的第一天，她的空間就暴露了！

她要怎麼解釋？要不裝傻充愣，大呼一聲怎麼回事來表達自己其實毫不知情？

「這……這是怎麼回事？」年輕婦人的思緒終於反應過來，神情驚愣。

林滿扼腕。

台詞被搶先了！

要不說她也不知道怎麼回事，她是誰？她在哪裡？她為什麼在這裡？

「是妳帶我來的吧？」年輕婦人又開口了，語句是疑問句，但語氣是肯定句。

林滿捶胸頓足。

這位小娘子，妳給主角一點活路好嗎？

林滿裝死中，發生這麼神奇的事情，她料想自己怕是被當成妖魔鬼怪了。

看著林滿一臉糾結，婦人輕輕笑了下，對她道：「真的謝謝妳救了我，今天要不是遇見妳，恐怕我和雙兒……」婦人開口沒說兩句話，語氣就哽咽起來，低頭哄著剛滿月的孩子。

林滿在心中嘆氣，事情已經發生了，就算她找到千萬條理由也只能哄過這婦人，她要是說出去，空間還是瞞不住，沒有意義，再說她倆憑空消失李老酒也看見了，流言也不知道會怎麼傳，只好坦誠道：「這是我的秘密基地，我請求妳不要說出去，不然……」

婦人抹掉眼角的淚，點點頭發誓道：「妳放心我絕對不會說出去的，妳是我的救命恩人，我怎能恩將仇報？若是我說出去了，便叫我天打雷劈吧！」

林滿盯著遠處模糊的神像，對婦人道：「妳看見那座神像了嗎？妳剛剛發的誓她都聽見了，這裡是女神娘娘的空間，妳既然發了誓，便違背不得。」

林滿承認自己有點壞心眼，婦人雖然信誓旦旦，但她卻不敢全信，於是小小威脅了她一下。

婦人望著那神像，眼裡有好奇也有畏懼，而後收回目光點點頭，再三保證不會說出去。

不知道外面李老酒走了沒，一時半刻也不敢出去，她便和這婦人聊了起來，原來這年輕婦人也是小蒼村的村民，三年前嫁到大蒼村，娘家姓景，她叫景福卿，今天本來是帶著剛滿月的女兒回娘家，一路忐忑就是怕遇見臭名昭著的李老酒，誰料怕什麼來什麼，她被攔下時都想好了，如果真丟了身子，她就帶著女兒跳河自盡，有個沒了名聲的娘，她不想讓女兒一輩子被人說三道四。

林滿在原主的記憶中搜尋了下，小蒼村景家她知道，十幾年前才搬來小蒼村的新戶，據說以前是京城的顯赫人家，結果不知什麼原因家道中落了，景大娘一個人帶著兒女來了這深山老林的小蒼村，小蒼村是百家姓，不排外，景大娘一家便安家落戶了。

景大娘是個善心的大娘，沈郎去世時，景大娘也送了米糧過來，接濟林滿母女倆。

林滿伸頭看了看景福卿懷中的嬰兒，孩子因為皮膚太薄，皮下血管都顯了出來，看著有些黑青。雖然她模樣挺可愛，就是瘦骨嶙峋的，看著小得很，一點也不像滿月娃娃白白胖胖的樣子。

「她叫雙兒？以後會是個漂亮的女娃，雖然瘦了點，慢慢養回來就是了，不過妳怎麼剛滿月就回娘家？妳家相公也不陪著，這裡要經過李老酒的老窩，他就不擔心？」

林滿不問還好，一問景福卿的眼淚突地一下就流出來了，她苦笑道：「他們一家子巴不得我出點事，好給那個女人讓位置！」

林滿一驚。

景福卿抽噎著把事情講了遍，她夫家也姓李，因為是家中獨子，叫李一，夫家家境還算富裕，剛嫁過去的時候，李家對她還不錯，她也跟著李一踏實過日子，加上自己有一手好繡活——那是小時候家境還寬裕時跟著正經嬷嬷學的，手藝這麼多年也沒落下，十里八鄉的繡娘都比不過她，靠著給人接繡活也得了不少銀子，一半上交給婆婆，一半留給李一攢著。

後來嫁過去時間久了，她肚子一直不見動靜，婆婆就開始不待見她了，要不是她有一雙能掙銀子的手，在李家怕是過得更難些。李一對她也不像以往熱情耐心了，年前他在鎮上找了個力氣活兒，因為是長工，所以一直住在鎮上，每月有一天休息可以回來。他原先每月都按時回來，後來變成兩、三個月回來一次，有次四個月才回來，都是拿完錢就走，景福卿一問就說活忙趕得急，男人家的事讓她少管，只要在家好好賺銀子就成。

景福卿說到這裡冷笑一聲。「年底的時候他回來找我開口就要二十兩銀子，我哪裡拿得出？他便對我吹鬍子瞪眼的，話裡話外說我沒用，婆母也罵我是不下蛋的母雞，他們也不想想，他李家是算富足，可我給他們家掙得少了？我不服氣和他爭了幾句，結果他竟然說要休了我，還對我大打出手，下腹出了血才知道有了兩個月的身孕，盼了兩年的孩子差點就沒了！」

林滿聽得頭髮都要炸起來了，只聽景福卿繼續道：「因為有了孩子，後面才沒鬧起來，也因為孩子，我忍了這次虧，沒什麼比孩子重要。可那以後我也有了疑心，害怕他在外面學壞，又害怕他在外面有了人，胎穩了以後，婆婆還是讓我繼續掙錢，我也留了個心眼，掙的錢不全數上交，自己留了些，他們問起來，我便說懷孕了不敢勞累接的活少了，掙得自然沒有以前多，他們也沒有疑心。」

後面景福卿足月生下了女兒，李家終於撕開偽善的面目，忍不下去了！

原來那李一早在外面有了女人，年底要那二十兩銀子，就是因為那外室早有了身孕，給李家生了一個男丁要安置，那外室鬧著要李一休妻，不然就帶兒子走，讓他們李家無後！這事李一娘也知道，盼了多年的孫子怎麼可能讓他走？兩人一商量，讓李一對外室一頓好勸歹勸。景福卿雖是不下蛋的母雞，但是卻有一雙掙錢的手，休了太可惜，不如勸她讓出位置做個妾，掙的錢都歸外室管，豈不一本萬利？

李一一心好算計，本想利用「不孝有三，無後為大」來壓制景福卿，逼她讓出正室之位，哪曉得這節骨眼景福卿剛好有了身子，計劃一下打亂了，他還在想對策，結果景福卿生了個女兒，這簡直就是老天爺都站在他那邊。當即和自己娘親通了氣，把外室和兒子從外面接了回來，先是說景福卿生不出兒子讓李家蒙羞，外室已經生了兒子，本該將景福卿休了讓位給外室，但景福卿這麼多年在李家沒有功勞也有苦勞，他們李家不是無情之人，被休的婦人名聲也不好聽，不如就在李家以妾室身分繼續待下去，剛生的女兒也不會沒了父親。

景福卿剛生完孩子大傷元氣，卻活生生被氣笑了，廢了好大力氣才將一腔憤恨壓了下去，她算是見識到了什麼叫見人說人話，見鬼說鬼話，不過就是想讓她繼續給李家掙錢罷了，她心既死，但那時候沒有力氣和李家爭論，只說事情來得突然，讓她好好想想。

李家也不敢逼得太過，害怕把搖錢樹逼沒了，月子期間怕虧了她的雙眼，也算伺候得好，雞湯、魚湯時不時的也有，但那外室和李一就在面前晃悠，讓她怎麼不噁心？就算勉強吃下去也吐出來，吃不下去奶水也不好，讓孩子跟著受苦。後來把月子熬出頭，景福卿乘家裡人不注意，偷偷帶孩子跑出來了，她沒辦法，只有回家先尋娘親和哥哥，後面再想辦法。

林滿聽完只覺得氣血上湧，這是怎樣的人間極品？景福卿說得還算輕巧，但她坐月子那段時間外室能不欺她？男人和婆婆又不站在她那邊，過得如何艱難只有自己知道。

「若他們來找妳，那妳還要回去嗎？」

景福卿低頭看著孩子，眼神迷茫，吶吶出聲。「我不知道……」

她不想回去的，李家讓她噁心。但是嫁出去的女兒潑出去的水，她不回去，能去哪兒呢？

林滿看見了她的神情，握住她的手嘆道：「我說兩句妳隨便聽聽，要是不中聽，妳就當沒聽見。這世道對女子尤其苛刻，大多仰仗男人而活，一旦和離或是休妻，對女子名聲都有損，何況妳現在又有了孩子，女兒在妳心中是寶，在別人眼中卻只是個拖油瓶，妳夫家就是拿捏住這一點，諒妳不敢離了他們，不然哪有去處？但俗話說嫁漢嫁漢，添衣吃飯，結婚不就圖個知冷知熱的身邊人嗎？夫妻兩人心在一處才叫過日子，妳夫家的心早就偏到那個女人身上去了，回去了能有好日子嗎？」

這些道理景福卿何嘗不明白？她道：「我也不想回去的，不瞞林娘子，我不怕被人在背後指指點點，只是我兄長身子不好，親事本就艱難，現在我一回去更要被拖累……」

家家有本難唸的經，景福卿有她自己的考量，林滿畢竟是外人，不好再說下去，只道：「妳回去問問妳娘親和兄長的意見，他們是妳至親的人，定是會為妳考慮的。」

兩人在空間待了有些時間，林滿估計李老酒應該走了，出去後外面果然沒了李老酒的影子。回去的路上，她有些忐忑，兩人在李老酒面前突然消失，還不知道會傳出什麼話來。

在經過李家壩時，林滿特別留意了村子裡有沒有什麼消息，卻聽到一個大漢說上山砍柴的時候碰到醉倒的李老酒，又笑話了他幾句，其他倒沒聽到什麼，她這才稍微鬆了口氣。

林滿和景福卿結伴而行，兩人輪流抱孩子，林滿前世幫哥嫂帶了許久孩子，抱個孩子駕輕就熟。

回到小蒼村的時候天已經大黑了，林滿先將景福卿送回景家，剛到門口正好碰見出來倒水的景大娘，景福卿眼眶一下便湧出淚來。

景大娘先看見林滿，而後才看見後面的景福卿，驚訝出聲。「福娘？」

林滿和景大娘打了聲招呼，多的話也沒說，趕著去周氏家接平平了。

本來約好天黑前回來，周氏說平平已經等了一天，天都黑了也不見人回來，雖然不哭不鬧，但是卻沒有精神，怕是覺得林滿已經將她丟下了。

林滿聽得愧疚得很。

孩子看見林滿來了，小嘴噘了半天，到底沒有哭出來，乖巧地讓林滿抱走了，這樣讓林滿越發心疼。

謝過周氏後，母女兩人便也回去歇著了。

第五章

次日一大早，林滿進入空間看了眼，種的白菜已經熟成了，一顆顆又大又飽滿，長相十分好，她將菜都收了，留了一些在空間，拿了少部分出來，然後又種了些當季蔬菜。

忙完這些她鬆了口氣，好歹暫時解決了溫飽問題。

出了空間就聽見籬笆門外有人在喊，林滿趕忙出去一看，是景福卿，陪著來的還有一位老婦人，頭髮梳得光亮整潔，雖然上了年紀，但眉眼都不難看出年輕時是個美人，林滿從原主記憶搜尋了遍，是景大娘。

只見景大娘眼睛腫得厲害，昨夜似乎哭過。

林滿過去開了籬笆門讓她們進來，訝異道：「景大娘妳們怎麼過來了？」

景大娘道：「昨晚福娘回來便給我們說了昨天的事，要不是妳出手相救，她們母女還能好好的？說妳是救命恩人都是當得起的，我們今天是特意過來謝謝妳的，晌午妳別做飯了，帶著平平來我們家吃，別說什麼麻煩不過來，灶上的老母雞已經燉上了，妳不來可就浪費了！」

林滿聽了便道：「話都被大娘您說完了，我還能說啥？那中午我就不做了，去您家撿個現成。您也別跟我客氣，不過是舉手之勞，再說當初沈郎走了，大娘也是幫過我家的，這份恩情我也記得呢！」

景大娘覺得林滿真是個實在的好孩子，只可憐年紀輕輕卻兩次守寡。

「別等中午了，待會兒妳跟平平就過來，我那兒還準備了些小零嘴，妳帶平平來玩要解解饞，我不多說了，回去看火去。」

林滿應下了。

景福卿沒走，她等老娘走了後才道：「滿娘妳放心，我沒把那地方說出去，我就跟娘說妳把李老酒打暈了，到時候娘說起妳也別說溜嘴了。」

「我曉得，昨天地裡種的白菜熟成了，妳帶兩顆回去嚐嚐，妳們來的時候才剛摘的，新鮮著呢！」

景福卿毫不掩飾驚訝。「這麼快？昨天我瞧妳地裡還是菜苗呢！這地方這麼神奇？」

林滿對空間還處於探索階段，多的也說不上來，只道：「還在試呢，我今天又種了些種子，先觀察觀察。」

景福卿點點頭。「妳那裡缺什麼種子跟我說，我家雖然有地但是沒人種，我哥身子不好，娘也不太會種地，我更不會，家裡剩下不少種子，給妳勻些。」

林滿說行。

她回身把屋裡屋外快速收拾了一遍，給平平也換了身乾淨衣服，綁了個雙丫髻，鎖好門窗，便和景福卿一道去她家了。

景福卿回到小蒼村後似乎整個人都安定了，沒有提一句李家的事，她儼然已經把林滿當知己朋友，去景家的路上還把自己家情況簡單說了一遍。

景家原本在京城做官，說是名門望族也不為過，只是家大業大內裡也亂，他們景家就是內裡爛了，而且爛得一塌糊塗，她娘就是內鬥的犧牲品。她哥小時候聰明，又是嫡長子，總有人惦記他的命，十年前京族出了事，她和她哥差點沒命了，是娘拚了命才將他們救出來，逃到這裡，她哥的身子也是那時被搞壞了。

景大娘夫家也不姓景，景福卿兄妹倆是來了小蒼村以後，改了母姓，夫家姓什麼景福卿沒說，林滿也知趣不問。

她前世沒少看宮鬥、宅鬥文，腦子裡面隨便想想也知道發生了什麼事，景福卿說得越簡單裡面就越亂，宅大鬥爭就多，景大娘怕是失敗的那一方。

聽罷，林滿握住景福卿的手。「是福娘你們命大，逃離了那個糜爛的籠子焉知不是福？」

景福卿露出笑容。「我知道呢，雖然剛來的時候不習慣，但適應了以後發覺這裡好得不得了，連娘都說寧願在小蒼村過一輩子，也不要回去那人吃人的鬼地方。」

林滿聽出她話裡滿滿的厭惡，看來是真厭極了京城。景大娘一家子從錦衣玉食、奴僕成群的人上人一下變成事事需親力親為的平民百姓，箇中苦楚哪是旁人能體會的呢？他們能把日子好好過起來，林滿是打心底佩服。

說話間已經到了景家，一進門便看見一個年輕男子躺坐在庭院的躺椅上，守著一個搖籃，他面色呈不正常慘白，嘴唇一點血色也無，面頰已深深凹陷下去，青色粗布衣在他身上顯得空盪盪的，整個人神形消瘦，太陽曬在他身上就像要將他融化了一般，只有那雙漆黑的眸子還算有神，聽見門口有聲音望了過來，林滿和他對上視線愣了一下，她從未見過男子有這般的琉璃眼。

景福卿給兩人互相介紹了下，那男子果然如林滿所想，是景福卿的兄長，景賦生。

景賦生青白的嘴角努力扯了一個笑，對林滿道：「多謝林娘子。」聲音十分沙啞，似乎有許久沒開過口了。

他身子是真的不好，話說多了會很費體力。

林滿道了聲客氣，又叫了聲景大哥，把平平牽到身前，教她叫景叔叔，平平怕生不肯開口，只睜著一雙滴溜溜的眼睛看著景賦生，害羞得往林滿身後躲。

景賦生眉眼溫和，彎著眼睛看著平平，他略微抬手指了指屋簷下的小桌子，上面放了幾個碟子，有花生、瓜子、酥糖，還有幾顆果子，他這是示意讓她們去吃。

平平的眼睛更圓了，短短的脖子向前伸了伸，盯著那幾盤零嘴目不轉睛，這時景大娘聽見聲音從屋裡出來，手裡還捏了把沒切完的青蔥，一看見平平那模樣就樂不可支。「滿娘妳看看妳家的小饞貓，我手髒得很，妳給她抓點吃的，妳也吃，千萬別客氣！」

林滿也沒客氣，脆生生地應了，給平平抓了兩塊酥糖，小丫頭小心翼翼咬了一口，甜得眼睛都彎了起來，她臉上很少有這麼鮮活的表情，林滿的心情也跟著好起來。

景福卿將林滿給的大白菜搬進廚房，景大娘還奇怪道：「家裡有白菜妳幹啥又去買？」

「這是滿娘給的，不是買的，又鮮又嫩，中午炒一顆。」

「滿娘這孩子……讓她來吃飯還這麼客氣，她現在日子艱難，還要帶個孩子，妳也好意思要人家的東西。」

景福卿不敢把空間的事說出來，用林滿非要塞給她這個理由蒙混過去了，好在景大娘沒追問，切完手上的蔥就麻利地把白菜收拾出來。

她和閨女說著話。「滿娘之前什麼樣妳不知道，沈郎還病著的時候就好吃懶做，死了後對平平那孩子又打又罵，妳昨夜回來跟我說是她救的我還不相信，今天見著她真是讓我吃驚，沒想到幾天不見跟變了個人似的，整個人都不一樣了。沈郎去世的時候見她可沒這麼溫和勤快，現在還種了菜，這樣看來是想好好過日子了，妳沒事可以和她多走動，在村裡好歹有個說話的人。」

景福卿沒法想像以前的林滿，猜測道：「她本性應該不壞吧？可能是受打擊了？」

除了這個理由也沒其他可能了，在背後議論別人畢竟不好，景大娘沒再說下去，轉移話題道：「明天當集，我去鎮上買些布和棉花，雙兒冬天的小衣服得做起來了。」

他們一家子已經商量好了，不讓閨女回去了，福娘自己跑了回來，李家肯定會來要人，到時候再和他們算帳，這裡畢竟是小蒼村，可不是他們大蒼村的地盤，來了也不怕他們撒野，他們景家雖然沒有壯年男子，卻也不是沒有人的！

一想到李家那群畜生，景大娘便氣得咬牙切齒，砧板上的菜剁得砰砰直響。

屋外，平平吃完了兩塊酥糖意猶未盡，林滿卻不讓她再吃了，怕對牙齒不好。她用帕子細細擦著小丫頭嘴上和手上的糖渣，誘哄道：「待會兒還有肉肉吃呢，妳再吃下去肚肚就不能裝肉肉啦！」

平平聽了之後，果然乖乖地不再要糖吃了，同時她也找到了新目標——搖籃裡的小嬰兒。

平平從沒見過這麼小的嬰兒，滿眼都是好奇，一眨不眨地盯著。

「這是妹妹。」景賦生低下頭，嘴角帶笑，視線和小丫頭齊平，長睫毛覆蓋在眼瞼下方，神情溫和。

平平想伸手去摸摸小嬰兒的臉蛋，卻又不敢，景賦生捏住她的小手，輕輕在雙兒的臉上碰了下。

景賦生似乎十分喜歡小孩子，平平怕生躲他，他也不生氣；小丫頭看他，他就和她玩；小丫頭不理他，他就在旁邊看著她。

景福卿這時候走出來，恰好看見這副情景——

兄長耐心地逗著小丫頭，小丫頭對著搖籃裡的嬰兒靦覥地笑，滿娘在一旁安靜看著。

這一幕美好得理所當然。

景福卿眼睛一下酸澀起來，她兄長的身體若是安好，何至於拖到現在都說不成一門親事，成不了家？

「福娘？」林滿最先發現景福卿，只見她眼眶泛紅，不知怎麼了。

景福卿將情緒收拾好，對她道：「該給雙兒餵奶了。」

林滿點點頭，把平平拉到自己身邊，把位置騰給景福卿，而後留小丫頭繼續跟妹妹玩，自己去廚房幫景大娘。

豈料景大娘一見林滿就趕她出去。「廚房裡亂得很，妳是客，去外面玩吧，飯待會兒就好了。」

林滿道：「沒事的大娘，哪家不做飯呀，多個人多雙手，忙活得也快些。」

景大娘見她執意不走，便也隨了她了。

林滿看了一圈廚房，景大娘已經熬好了雞湯，案上放著一條打理好的草魚、洗淨的排骨、一根蓮藕、一塊五花肉，還有林滿送的大白菜，已經切好洗淨，放在篩籃裡面瀘水。

林滿問了景大娘這些食材打算怎麼做，景大娘卻有些不好意思道：「本來想煮個魚湯、藕燉排骨、炒大白菜，我廚藝不好，做不來其他花樣，滿娘想怎麼做就怎麼做吧，順著妳的口味來。」

林滿笑開來。「那我就不客氣了，您燉了一鍋雞，我再來給你們做一頓，大娘您就在旁邊幫幫忙。」

景大娘樂了。「讓妳來吃現成，結果卻是妳來掌勺伺候我們了，妳要啥給我說，我來幫忙。」

林滿問了家裡還有哪些材料，家裡人吃不吃辣，景大娘都一一答了，又把家裡的材料拿出來。

蒼山氣候潮濕，百姓們大多都能吃辣好驅寒，景大娘一家來了小蒼村以後也隨了這裡的口味，大辣吃不了，一般辣的都行，只有景賦生身子不好不敢吃這些味重的。

林滿有一手好廚藝，這還是前世練出來的。她和哥哥是媽媽一個人靠著在夜市賣燒烤扶養大的，哥哥高中畢業後為了給她省學費沒繼續讀，去學廚開了家餐廳，她大學沒課的時候就經常去幫忙，家常菜和開胃菜早就駕輕就熟了，等大學畢業後她就去哥哥餐廳裡幫忙，各種小吃沒有她做不來的，連哥哥的廚師都誇她廚藝好。

林滿麻利地切好了各種蔥薑蒜的佐料，讓景大娘去園子摘了兩顆紅辣椒，知道還有白蘿蔔又讓她拔了兩顆回來。

她把草魚拿來清蒸，蒸好後撒上蔥薑蒜末，辣椒也切粒撒上，景大娘吃不來香菜，林滿便沒加，然後將滾油在魚身上淋了一圈，澆得魚肉嘩啦作響，香味也隨之飄散開來。

藕就削皮切成薄片煮熟，放進提前拌好的調味料裡，調味料是她慣用的香辣醬，看著紅通通的卻不會很辣。接著還有白蘿蔔燒排骨、五花肉、清炒大白菜。

林滿在廚房忙得熱火朝天，景大娘在一旁滿臉驚奇地看著她。

都說這滿娘好吃懶做什麼活兒都不會，但今兒親眼見識她露這一手，心裡直道村裡人亂嚼舌根，這麼能幹的姑娘活生生被壞了名聲。

林滿做完最後一道菜順手收拾了桌案，這是她的習慣，不喜歡炒完菜後廚房亂糟糟的。

菜端上桌，景福卿老遠就聞到了香味，餵完孩子就趕緊過來了，一看桌上的傑作就知道不是自己娘親的手筆，看著就很引人食慾。

景大娘已經擺好了碗筷，指了指桌邊那個碗道：「提前給平平冷了碗雞湯，現在應該差不多了，妳先餵她，我去和福娘扶生哥兒進來。」

林滿用手背試了試溫度，正合適，拿了湯匙問平平。「平平自己喝還是娘餵妳？」

平平正是長身子的時候，平時又不沾油葷，聞著味道早就餓了，拿過林滿手裡的湯匙自己喝了起來。

景賦生的身子確實十分不好，庭院到堂屋一小段路，他自己也走不過來，景大娘和福娘扶他坐好後，林滿看見他蒼白的額頭竟出了一層薄汗。

「讓林娘子見笑了。」景賦生發現林滿在看他，虛弱地開口，本想調侃自己，結果卻弄得林滿不好意思了，心頭浮上一絲偷窺被抓包的尷尬。

還好有景大娘在一旁招呼，林滿便順著揭過了。

景大娘吃了一口涼拌香辣藕片，麻辣鮮香一下在口腔裡散開來，她以前做官太太時也不曾吃到這樣的美食，不禁嘖嘖稱奇。「這藕還能這樣做，我今天算是長見識了。」

林滿很是汗顏。

現代人生活大多都很優渥，不缺吃穿所以有工夫研究美食，古代人能溫飽就不錯了，哪有閒心去折騰這些，倒讓她撿了便宜。

「這個做法很簡單，主要是調味料要搭配得好，大娘想學我教您。」

「那好，妳哪天得空了就來教教我，免得他們兄妹倆總吃不到好味道的東西。」

還有那那蒸魚看著辣，吃起來卻不辣，林滿解釋說辣椒只是用來添點香氣，一點點就夠了，況且福娘還在餵奶，少吃辣為好。

平平愛吃肉，面前堆了不少雞骨頭，林滿小心地伺候著她，怕噎著了。

那盤大白菜景賦生是第一個吃的，入口後還愣了下，拌著飯細細吃了幾口才對林滿道：「林娘子妳家這白菜如何種的？味道十分與眾不同。」

林滿跟著吃了一口，這白菜比普通白菜要細膩，細中又帶脆，嚐一口便唇齒留香，忍不住再多吃一口，確實是好滋味。

景福卿看向林滿，想聽聽她怎麼作答。

林滿沒有直接回答。「沒費什麼力氣種，景大哥要是喜歡我家裡還有，到時候讓福娘再拿些。」

景賦生道了句謝，沒有再問下去。

今天菜十分入味，眾人都多吃了一碗飯，就連胃口不好的景賦生都多吃了半碗。一頓飯吃得眾人肚滾腸圓，景大娘還歇了會兒才去洗碗。

林滿則帶著平平再陪小嬰兒玩了一會兒，雙兒剛剛睡醒，睜著一雙純真的小眼睛到處看，偶爾發出幾句不明嬰語。等平平犯午睏了，林滿就跟景大娘告辭，答謝飯吃一頓，沒有道理晚飯還要賴在別人家。

景大娘留了幾次沒留住便也不再勸，臨走前硬塞了二十顆雞蛋給她，說給平平補補，林滿明白實則是扶貧。

但她到底沒收下，解釋道：「馮大哥家的周嫂子上次送了二十顆蛋還沒有吃完，家裡就我們娘兒倆，吃不了那麼多，現在福娘要餵奶，景大哥身子又不好，您給他們補補吧。」

景大娘聽她這麼說便收回了雞蛋，讓她有空帶著平平再來玩。

景福卿送了一小段路，出了家門後給了林滿一個小布包，對她道：「這是一些種子，妳回去在那地方種了，拿去賣也好、自己吃也好，總歸不虧的。」

林滿沒拒絕。「行，到時候能賣出去就和妳分成，五五分。」

「那我不是占妳便宜？種地可累著呢！」

「我也沒費多大力氣，就是澆澆水、除除草，都是自個兒長起來的，妳也不要覺得占了便宜，妳要是心裡過意不去，沒事就來我家幫我，我帶妳進去。」

景福卿覺得這沒問題，兩個人商議好了就道別離開。

第六章

林滿在空間忙忙碌碌了幾日，不敢種太多，怕有人在荒地看見，於是只估算著能賣的數量和自己吃的數量來種。

景福卿有空便會來幫幫忙，兩人將孩子帶到空間裡，林滿在田地裡忙活，景福卿便在一邊看孩子。

這日剛好有市集，兩人早早約好了今天同去趕集，將這幾日的成果揹出去賣賣看。

天還未亮，林滿喊醒了平平，給她漱洗好，餵了點稀粥，沒等多久景福卿便帶著雙兒來了。

小蒼村離市集不遠，走路半個時辰便到了，有些條件好一點的會花一文坐村口武大叔家的牛車，不過村裡人大多不富裕，都寧願省下一文多買點日用品，武大叔的牛車也不會等人坐滿，時辰到了就走了。

林滿本想讓景福卿帶著孩子去坐牛車，結果沒趕上，兩人只得步行。

兩人一路走走停停，到市集時天色已經大亮，擺攤的好地段已經沒有了位置，她倆找了半天，只在一個商鋪的角落裡找了塊空地。

景福卿憂心不已。「這兒經過的人多不假，但我們在這裡別人就算看見也擠不進來，我們賣的菜周圍賣的人也不少呢。」

林滿看著背簍裡的白菜、白蘿蔔和番茄，對她道：「妳帶平平在這兒等著，我揹著去酒樓問問要不要。」

景福卿沒攔她，想著也只能先試試看，對她道：「行，這裡人多妳注意點。」

林滿應下來，重新揹上背簍擠出人群。

蒼山市集大大小小的酒樓不少，林滿先去大酒樓問了，不過今天人多店鋪忙，沒人能理她，一聽是來賣東西的便打發她出去了，林滿也沒賴著，轉頭就走了。

酒樓問得不太順利，多數酒樓都有固定的菜農供貨，除非特殊情況一般不會輕易換貨，林滿問得口乾舌燥都不盡如意，不禁有些心灰意冷。

眼看快中午了，林滿料想景福卿和平平都該有點餓了，雖然有帶乾糧，但一個正在哺乳，一個黃毛小丫頭，她還是想試著弄點好吃的給她們吃。

她看著前面的包子鋪，走了過去，問道：「大叔，你這包子我能不能用菜交換呀？」

賣包子的老闆是個面相溫和的中年男人，打量了一下林滿，看上去確實是窮苦人家，聽她這話笑了起來，沒有拒絕。「小娘子，妳等等。」男人轉身朝身後的棚子喊道：「孩子她娘，這邊有個小娘子要用菜換包子，換不換？」
棚子裡傳來一道響亮的女聲。「我來看看！」
不多時一個穿著整潔的中年婦女從裡面走出來，手上濕漉漉的剛洗過，圍裙上沾了些麵粉，她眉眼有些強勢，看得出來家中應該是她做主。
林滿趕忙揚起一個笑容，拿出背簍裡的白菜。「嬸子好，妳看看我家的白菜，又水靈、又新鮮，跟其他白菜味道也不一樣，重點是還耐放，放個十天半個月也沒問題。」
林滿這不是在說假話，空間的菜放在外面經久不壞，讓她十分驚喜。
老闆娘聽了沒什麼波動，賣菜的哪個不是這麼吹噓？她看了眼林滿手中的菜，長相確實招人喜歡，剛好家裡的菜用完了，有人換就收一點。
她接過白菜掂了掂，表情一如既往。「我們白菜是兩文一斤收的，菜包子一文錢一個，肉包子兩文一個，妳這白菜一顆約是兩斤半，那妳要菜包子還是肉包子？」
林滿沒急著要包子，眼睛骨碌一轉繼續道：「嬸子要不要把白菜都收了？」
林滿揹的是大背簍，裝了不少菜，數量有點多。
老闆娘看了眼，對她道：「我要不了那麼多。」
打開市場的第一步總是艱難的，林滿沒有氣餒，咬咬牙道：「這樣吧嬸子，我三文錢賣妳兩斤，要是妳吃得好，以後再來兩文一斤收我的，妳看行嗎？」

老闆娘難得露出笑容。「小娘子，東西可不是妳這樣賣的，萬一我以後不收了，妳豈不是虧大了？」

「我對我家的菜有信心，保證妳吃了一回想二回，就算嫂子不信，三文兩斤的白菜妳也不虧對不對？」

喬大娘聽完笑意更甚，沒囉嗦，直接找旁邊的屠夫借了秤，八顆白菜一共二十一斤多，林滿沒算那多出的一斤，得了三十文錢。

林滿算了下，對她道：「嬸子給我六個肉包子吧，再剩下的可以給成銅板吧！」

「行。」老闆娘十分爽利大方，包好肉包子，還送了她一個菜包，給了剩下的錢。

「嬸子，白蘿蔔、番茄要不要？」

老闆娘搖了搖頭。「我家不需要這些。」見林滿面露失望，就朝左邊一指。「小娘子也是爽快人，我給妳指個路，妳直直往前走，有間來福小炒館，那是我娘家哥哥開的，妳就說是秦家包子鋪裡的喬大娘介紹妳去的，他們應該會收。」

喬大娘也是貧苦出生，後來嫁了人，夫君做的一手好包子，日子才漸漸好起來，所以她碰到日子不好過的人家，能幫一手是一手。

林滿把背簍的番茄拿出四顆，又拿出兩根白蘿蔔塞給喬大娘，甜甜道：「謝謝喬大娘，這些妳和秦大叔拿去吃吧，嚐嚐味道，要是喜歡以後來我這兒買！」

這小娘子……

喬大娘神色緩和了些，這小娘子還真有些頭腦，知恩圖報，又順帶給自己以後的生意打個基礎，是塊做生意的料子。

心裡這麼想著，她也就沒拒絕，收了下來。

林滿揹著剩下的菜，找到了來福小炒館，說明是喬大娘介紹來的。

小炒館裡接應的是個年輕小伙子，估計是店家的兒子，一聽她是喬大娘介紹來的，露出兩個小虎牙，熟練地用秤秤了剩下的菜，林滿算得便宜，一共得了四十文錢。

「嫂子家的菜長得水靈，看著就討人喜歡，以後還有可以再來賣給我們。」小虎牙笑得甜，說的話也中聽。

林滿意外得了一個客戶，自然是開心無比，趕緊應了下來。

果然菜也是看顏值的。

她揣著還熱乎的包子趕忙趕回去，景福卿正憂心地到處張望，一看見她的身影便鬆了口氣。

「妳總算回來了，去了那麼久，還擔心出了什麼事。」

林滿將包子掏出來分了，抹了一把額頭的薄汗，感嘆道：「生意果然是不好做的，各家酒樓都不要，白跑了好些地方。還是一個包子鋪的大娘收了，又推薦了我去她娘家哥哥的店裡才將這些菜賣了。」

景福卿接過包子，聽了臉上的憂心更甚。「那我們種了這麼多不是要堆在那兒了嗎？」

林滿拿出水袋喝了口水，待口裡好受些才道：「福娘妳覺得我們的菜如何？吃著合不合口？你們家雖然人口少，但是口味不一，妳愛吃辣卻吃不得，景大哥不能吃，景大娘還能吃些，可一種菜卻能滿足你們幾種口味，人人都吃得香，這菜要是都賣不出去，還有天理？」

她緊接著又說道：「過兩天我再來市集看看，若他們要得多我們就找武大叔借牛車用用。」

景福卿見她說得自信，臉上的憂愁也淡了下去，慢慢吃起口中的包子。

幾人吃飽，林滿分了錢，然後先是趕集買了點必需品，林滿本想給平平買點布做件小衣裳，景福卿卻攔住了她。「我娘今天要給雙兒買不少料子做衣服呢，到時候妳直接來扯幾尺就行了，好不容易賺了一點錢，該省著花才是，妳也不要跟我客氣，現在我們兩個說手足相連也使得，別生分了。」

林滿想了想，也答應了。後面她攢了銀錢，多給雙兒做幾件漂亮的小衣裳，景福卿把她當姊妹，她就用姊妹間的方式相處，太客氣反而見外。

布料錢省了，林滿便去買了些佐料，分量不多，種類不少，什麼孜然、胡椒粉、茴香籽雜七雜八一大堆。

景福卿問她要做什麼，林滿卻不說，只嘿嘿一笑，讓她過幾天帶著娘兒來她家裡，給他們露一手。

她準備幹老本行了。

她觀察過市集，古時村子裡的採買基本都是靠當集這天，人流量巨大，但是像燒烤冒菜這些小吃食卻是沒有的，可惜這個時候沒有馬鈴薯，不然就算靠著炸馬鈴薯也能先掙一筆。

燒烤這些不難學，但真的要掌握好火候和味道，也不是輕而易舉的，在這門路子爛大街之前，她應該還能好好掙一筆，況且還有空間的蔬菜，妥妥地加分。

逛完市集，天色也不算早了，兩人各帶著孩子往回走，在市集上遇到過景大娘，她不放心景賦生一個人在家裡，趕著先回去，便未與她們四人同路。

景福卿這幾日過得安逸，漸漸從李家的陰影走出來，林滿還奇怪李家居然這麼久都沒來要人，白白讓財神爺跑了不說，誰家媳婦跑了，就跟被狠狠打了一巴掌沒差別，李家真的能咽下這口氣？

景福卿卻無所謂得很，他們不來最好，來了噁心！

結果兩人剛走到村口，就碰見馮大山家的周氏急急忙忙跑過來，看見她們幾人就趕忙叫道：「福娘妳快回去，李家來人了！」

第七章

林滿幾人急急忙忙趕回景家的時候，外面已經圍了不少看熱鬧的村民，景家院子裡傳來一聲中氣十足的男人嗓門。「你們景家教出來的好閨女！出嫁從夫不懂這個理？她母雞不下蛋生不出兒子，我們李家已經是給了面子不休妻，她哪裡來的臉還要給我們擺臉色？今兒個她要是不跟我們回去，看我敢不敢休她！」

一聽這熟悉的聲音，景福卿臉色便黑了七分，抱著孩子擠進去，質問眼前的男人。「李一你要休就休，我景福卿還怕不成？」

林滿跟著擠進去，這才看清院裡的情形。

李家來的不只李一一個人，他身旁有個倒三角眼的老婦人，眼珠子不停地在院子裡掃來掃去，像是在找著什麼，這應該是李一娘。

還有一個貌美的年輕女子，她身段苗條，腰身細細的，弱柳扶風的模樣，一雙桃花眼半垂，盯著手裡的襁褓，嘴唇微抿，似乎不太關心院子裡的情形。

剩下的，是三個面生的中年男子，看得出是常年在外勞作，身體尤為結實。

林滿瞇了瞇眼，這是仗著景家無依靠，給下馬威來了啊！

景福卿的聲音一下將那幾人的視線吸引過來，就連一直半垂眸的年輕婦人都抬眼看向景福卿，只掃了一眼，眼中閃過一絲嫉妒與厭惡，又快速垂下眼，彷彿什麼都沒有發生。

林滿一直觀察著那個婦人，自然沒有錯過那些情緒，這人應該就是那個外室了吧。生得確實不錯，可惜跟景福卿比還差些。

「我呸！妳個吃白食的還敢猖狂！」那個倒三角眼的老婦人一下衝了過來，朝景福卿的臉龐毫無預警搧了一巴掌，還好林滿反應快，一把扯過景福卿，堪堪躲過那一巴掌。

兩人的臉色頓時紫青。

周圍村民倒抽了一口氣，小蒼村常年摩擦也不少，但大多只是動動嘴皮子，可瞧剛剛那老婦人一巴掌可是用了十足十的力道，這打了沒十天半個月能好得了？

老婦人沒打中怒氣更甚，伸出的指尖差點戳到景福卿的眼睛上，口中怒罵不停。「妳還敢躲？我們李家怎麼不長眼娶了妳這麼個東西？居然還敢偷偷跑回娘家，不伺候婆母、夫君，不孝不慈，景家就這麼教女兒的啊——」

「啪——」

一個瓷碗在老婦人的腳下碎開，發出巨大的聲響，碗裡的水花濺濕了她的鞋尖，將她口中沒罵完的話生生止住，猶如活生生被掐住喉嚨的公雞，發出了刺耳的尾音。

「抱歉，失手了。」景賦生躺坐在屋簷下的太師椅上，琉璃眼泛著猩紅色，誰也不看，只直直盯著院子裡的李一，彷彿是在對他說，對不起，本來要砸你，一個沒扔準砸到你娘了。

李一背後一下出了一層冷汗。他這個病懨懨的妻舅，不管他們李家人在院子裡怎樣呼來喝去，他自他們過來之後，都一聲不吭，未曾開過口。

他本來以為，不過一個病秧子，走都走不索利，有什麼好害怕的？但剛剛那一刻卻不禁有些膽顫。

是錯覺嗎？

他這麼想著，卻聽見景賦生又開了口，聲音不大。「妹夫帶著這麼多人來登門做客，是為了迎接福娘回家？還是，為了迎福娘手中的銀子回家？」

李家來做什麼？不就是為了景福卿那一手賺錢的好手藝？不然她是死是活他們會管？

人都好面子，李家人確實是為了景福卿的手藝才要接她回去，可也要編個好聽的理由，錯的怎麼能是他們呢？不然柳娘如何光明正大地進入李家，景福卿這棵搖錢樹還能留著？

李一脹紅了臉，喝道：「你不要扯些亂七八糟的，你只告訴我，景福卿是不是不顧夫家跑回娘家？連帶把李家的骨肉都抱走了，你們景家教出這樣的毒婦，真正是從窩裡開始爛！景福卿今天我們得帶走，你們景家可沒資格攔著！」

事情已經鬧開了，景福卿肯定是不願意歸家的，哪怕就是搶也得搶回去！帶回去以後有的是辦法讓她服軟，關上門就是李家的人，別人還能管得著？

老婦人聽了兒子的話，立馬跟著附和道：「可不是，你讓你家妹妹自己說說，月子裡我可虧待她了？雞湯、魚湯頓頓好吃好喝的供著，供了整整一個月，她還不滿足，還嫌我伺候得不夠好！可惜家裡那幾隻下蛋的老母雞，可憐我那些買魚的銀子，真正的狼心狗肺！」說著說著，竟還哭了起來。

圍觀的村民們看著戲，他們只知道景福卿回了娘家，卻不知道還有這麼一層事，人群裡漸漸有了議論聲。

「這景家娘子也太不知足了，這年頭有幾個婆母能這麼伺候媳婦？大多都坐不滿月又要出來幹活了。」

「帶了夫家孩子跑，這事也幹得出來……」

「先看著吧，我看李家那幾個也不是什麼好東西，欺負景家無人呢……」

「可不是？要說不是為了錢我才不信，福娘那一手繡藝我可是親眼見過的，可是個賺錢的好手，要是秀兒和巧兒能學到七、八分，我就是死也瞑目了。」最後說話的是村裡有名的繡娘賈氏，她都這麼說了，其他人便也信了幾分，紛紛為景福卿捏一把汗。

景福卿臉色發黑，氣得眼中有淚，竟沒見過這般卑鄙小人！

她氣不過，但還未開口，就聽見自家兄長繼續道：「我雖是男人，卻也知道家中生產的媳婦理應由婆母照顧的道理，親家是想邀功？換個意思可否理解為，福卿生了你們李家的子嗣，卻不應當由妳照顧，應該讓她自生自滅？」

歪理人人都會扯，景賦生以其人之道還治其人之身，不等李家人反應過來，轉頭看著院子裡的那位年輕婦人，繼續道：「這位小娘子是？你們李家不介紹一下嗎？」

那女子見火燒到自己身上來，終於抬起眼，看著屋簷下的人，一副傲骨的模樣，不等李家的人開口便搶先道：「小女子柳娘，問景家大哥安好。」

音若黃鸝，尾音帶媚，正常男人一聽就酥了一半，正經家姑娘沒有誰這麼說話，聽她談吐又應該是讀過書的，不知道怎麼甘願給李一做了小。

景賦生微微皺了眉，神情冷冷淡淡。「妳是李家什麼人？」

柳娘一下愣住，隨即神色有些難堪。

她是李家什麼人？她不是李家什麼人，她雖然生了李家的兒子，但她的身契卻沒有上李家的家譜，沒有官印蓋章，她只是……李一的外室而已。

她冷笑一聲。「景大哥知道不是嗎？何必要問？」

景賦生卻笑了，笑得十分溫和，林滿卻感覺他的嘴角帶了點惡意，只聽他道：「我……不知道。」

不禁柳娘，院裡知道內情的人都愣住了，這景賦生賣的什麼藥？他怎麼可能不知道？

林滿卻很快反應過來。

簡直想鼓掌！

李家過了這麼久才來找景家，怕是柳娘在其中做了些什麼。她生了李家的兒子，一心想做李家的正頭娘子，一山不容二虎，就算景福卿委身做妾，那也是前頭正兒八經的妻，在眼前晃悠怎麼能不介意？何況妳願意把自己男人跟別的女人分享？就算那個女人是棵搖錢樹，也不行！

景賦生自然也猜到了這種情況。

妳不是想做正妻嗎？

妳想做我不攔著，但自家妹妹不讓位，妳就算生十個、八個兒子，妳也只是個外室，被正妻壓一頭。

柳娘此時也反應過來了，身子隱隱發抖，不知道是氣的，還是不甘心。

「我是……李家孫子的娘。」「外室」兩個字，她到底說不出口。

「這樣啊。」景賦生的語氣慢慢悠悠的，讓人聽得十分清楚。「李家就李一一個兒子，那妳不就是李一的……」話未說完，他露出驚愕的神情，彷彿才明白過來，目光轉向自己的妹妹，眼中的心疼震驚毫不掩蓋，半晌無語。

林滿趕忙暗中揪了一下景福卿腰間的嫩肉，痛得她眼淚一下就流了出來，她還未問滿娘做什麼，就聽見林滿哭道：「我苦命的福娘啊！男人在外面有了女人還生了兒子，他們是要趕妳出門卻又捨不得妳會賺錢啊！這是要妳回去做牛做馬啊！」

圍觀村民有些人在景賦生說出那些話後慢慢回過味來，林滿這一哭證實了他們心中所想，一時間眾人神色各異，再一看景家閨女哭得那般淒慘，可不是有苦說不出？

李一神經就算再大條，此刻也反應過來，這是給他們設圈套呢！李家有錯在先，若承認了，景家能讓李家迎柳娘進門？若是不承認，柳娘和兒子可怎麼辦？他兒子還怎麼認祖歸宗？

看著柳娘泫然欲泣、弱不禁風的模樣，李一心裡一陣陣心疼，當即也顧不得什麼臉面了，怒道：「你家妹子兩年才生了一個沒帶把的，柳娘保住了我們李家的香火，我迎她進門有何不可？不孝有三無後為大，你家妹妹我早該休了，現下願意讓她留下來做妾已是仁至義盡！柳娘為我們李家續了香火，當個正頭娘子有何不可？」

此話一出，院裡氣氛都不對了，小蒼村村民們的生活大多簡樸，因為貧窮更不敢想納妾之事，都覺得那是有錢人和官老爺才能做的，他李一不過稍微富足一點，竟然就敢大言不慚地說讓正經妻子下堂做妾，真是……連臉皮都不要了！

一群人震驚於李一的過分行徑，景賦生的臉色終於黑了下來。「你要敢休，我便敢去衙門投狀，李家拋棄糟糠之妻，在外豢養外室，說你寵妾滅妻也是可以的，你可知道寵妾滅妻是個什麼下場？先不說官府如何處置，就說大戶人家裡，做官可以丟官，妾可也隨意處死，我妹妹是生了女兒，可算不得無後，你儘管休，我看你李家是不是能一手遮天！」

一番話鏗鏘有力，條理清晰，加上說要去衙門鬧，唬得眾人一愣一愣的。

過了好一會兒，李一娘開口了。「你莫要唬我們這群俗人，衙門還能管到這事？青天大老爺們每天忙得要死，哪能還管我們小民這檔子家裡事！」

李一娘越說越覺得是這個理，底氣一下足了起來。「你要告便去告！看看是你妹妹從夫家帶孩子跑了理虧，還是我兒在外找了人虧！你家妹子生不出蛋，還想讓我李家跟著斷子絕孫嗎？」

不得不說這李一娘雖是個婦人，但腦子也有好使的時候，寵妾滅妻這事在大戶人家說得通，在這些小戶人家哪裡管得著？在他們眼裡，這不過就是一個男人在外偷了腥而已。

林滿心中一團怒火，忍不住嗤笑一聲。「李大娘口口聲聲說妳李家斷子絕孫，那福娘生不出來？還是你兒子生不出來？怎麼這麼肯定福娘生了女兒就生不出兒子？妳家兒子拿著髮妻的血汗錢去外面養人，得知髮妻懷孕後無半點體貼不說，待生了女兒就迫不及待要外室進屋，趕髮妻下堂，還要髮妻繼續給你們掙銀子，你們一家子就像那田裡的螞蟥，只能吸別人的血，妳兒子也是個廢物，養個外室都還得靠妻子，真真可笑！現在還把所有罪過怪在福娘身上，還想往自己臉上貼金？你們那臉何須貼？已經比城牆還厚了！」

林滿一口氣罵得很爽，心裡那股悶氣也吐了出來。

景福卿這時候很上道，就著臉上的淚痕繼續哭，可謂一個肝腸寸斷。「我坐月子吃得好是不假，可那是心疼我嗎？可不是怕我壞了眼睛，以後能掙錢？他們是想要我的命啊！」

景大娘跟著也哭起來，對著看熱鬧的眾人道：「我景家可有做過什麼傷天害理的事？為何卻讓我兒誤入狼窩，狼吃人肉還不算，還要欺我們景家無人撐腰，強搶我女兒繼續給他們賣命，我……我不如一頭撞死在你們面前，變成冤鬼，去閻王爺那兒告你們，索你李家的命！」

說完景大娘真往柱子撞去，院子頓時大亂，拉人的、勸人的擠成一堆，夾雜著景大娘的哭聲，好不熱鬧。

景福卿嚇傻了，她腦子裡面滿是自家娘往柱子上撞的那一刻，待反應過來竟是氣血上湧一頭衝了出去。「李一！我跟你們拚了！」

林滿反應不及，景福卿哪裡是李一的對手，李一見有人衝來，下意識地一把推開，景福卿和懷中嬰兒雙雙落地，嬰兒響亮的哭聲十分突兀。

林滿慌忙過去扶起她，抱起雙兒，見兩人沒什麼大礙才放下心來。

「夠了！」

景賦生這一吼，似乎是用盡了全身的力氣，緩了一會兒才睜開眼睛，眼中怒火乍起，眉目間已經沒有了耐心，瞇著眼道：「親家既嫌我妹妹生了女兒，卻又貪我妹妹的手藝，魚和熊掌哪能兼得！既然已成怨偶，便各自放開離去。拿出和離書，此後男婚女嫁各不相干！」

和離？各不相干？

那豈不是白白放財神爺從自己手裡溜走？

李一娘第一個跳了出來。「不可能！景福卿生是李家人，死是李家鬼！」

看熱鬧的鄰里們終於看不下去了，站出來罵道：「妳這婆娘真正黑心腸！好事都想全占了，又要外面的野種、又要正經兒媳給你們做牛做馬，來我們小蒼村鬧，欺人欺到我們小蒼村頭上？真當我們小蒼村無人？」

景賦生等鄰里說完了才開口，是對著李一說的。「想帶走福娘可以，柳娘子走，孩子，歸我妹妹名下。」

柳娘滿目驚愕，抱緊手中的孩子，目光悽悽看向李一。「李郎……若是你們真心想要迎景姊姊回去，卻是要我孩子作陪，那我……那我也活不下去了！」

李一是左右為難，一邊是自己親娘，一邊是自己心頭好，一個頭、兩個大！

他憤恨地看了眼旁邊的景福卿，若不是這個女人，膽敢從家裡跑了出來，哪有這些破事？

他越想越氣，不禁對景福卿罵道：「妳嫁到我們村已經是八輩子修來的福分，李家給妳留了位置不要，生不出兒子又要霸占著位置，讓柳娘進不來。虧柳娘還在我面前好言相勸，說妳只是一時想不開，待想通了自然就回來。但這女人卻是歹毒心腸，想和離？作夢吧！」

這李家，真是樹不要皮必死無疑，人不要臉天下無敵啊！這樣的話都說得出口？真覺得他們小蒼村的姑娘非得貼著大蒼村？

李一這一炮開得響，這下人群是真的憤怒了。

景福卿冷笑一聲。「你把和離書拿出來，位置不就空出來了？管你娶什麼柳娘、田娘的，娶幾個都可以。」

李一青筋凸起，終於沒了耐心，對著另幾個一直不說話的漢子道：「幾位堂兄弟，咱們不廢話了，綁了那瘋女人就走，何必浪費這麼多口水？既然請不回，那就別怪我們動武了！」

幾個漢子立即走向景福卿，嚇得她一時不知如何是好，只能抱緊孩子躲在林滿身後。

李一想得是好，但這是小蒼村的地盤，那容得下你們大蒼村的人來撒野？何況你們先前說的什麼話？瞧不起他們小蒼村？真當你大蒼村是皇城腳下的富貴地，還想來這裡作威作福？

「我看你們誰敢！」一個莊稼漢將手中的扁擔攔在幾個大漢身前，怒道：「想在我們這為非作歹？那你們就躺著回去！」

有了一人帶頭，後面附和的自然就多，還有人特意跑回家裡拿了鋤頭、棍子過來站著，怒目而視。

幾個人畢竟比不過一群人，那幾個漢子此刻並不敢亂來，李一也被這陣仗嚇著，一時不敢輕舉妄動。

景賦生緊繃的心緩了一下，他看向林滿道：「要麻煩林娘子一趟，去尋一下武大叔。」

林滿頓時明瞭。

鎮上有個武捕快，原名武喬文，他爹便是村子上趕牛車的武大叔，娘便是剛剛的繡娘賈氏，武大叔養出了這麼一個兒子很是驕傲，在村中頗有幾分面子，村裡有什麼大事都喜歡請他來坐鎮，雖然和縣官隔十八層，但畢竟兒子在衙門，總比他們這些普通人近一些。

林滿本也是這麼以為，卻聽景賦生繼續道：「再麻煩武大叔尋一下武兄弟，有人來我家滋事挑釁，強搶民女，請武兄弟帶衙門的人來做主！」

見他神色不似作偽，林滿也沒多想，應了下來，正要將平平託給周氏，卻聽到有人大喊道：「真是說曹操曹操到，快看那不是武捕快嗎？」

第八章

眾人隨他的視線望去，果然看見一個紅衣黑領、皂靴佩刀的青年男子，他身後還跟著兩個同樣打扮的男子，在前面引路的，是武大叔，還有周氏的男人馮大山。

林滿不禁看向周氏，周氏見她望過來，便低聲對她道：「這群人來的時候，我就讓當家的去叫人了，福娘是個好孩子，這麼跑回來我猜莫不是遇到了什麼事，況且這群人來勢洶洶，我怕景大娘一家子吃虧。」

林滿真是佩服周氏的細心，自愧弗如。

武喬文今年二十有一，相貌本就俊俏，再加上那身威嚴的官服，真正說不出的風流倜儻。

說起來，還有一事。

賈氏當年很中意福娘，但又怕兒子不喜，不敢貿然上門說親，便沒有動作，等到兒子在鎮上忙完了回來問了聲，兒子沒說好也沒說不好，但賈氏等不住了，悄悄去景家探了口風，卻得知福娘已經與大蒼村的李家訂親了，回來後悶悶不樂了好幾天。

這事瞞得緊，村子裡沒幾個人知道。

「捕快大人，你要給民婦做主啊！」景大娘一下跑了過來，差點要跪下。「這些人要強搶我的女兒，若不是鄰里鄉親們攔著，我女兒哪能站在這兒！」

武喬文趕忙攔住她。「景大娘別著急，若是真有人在我們小蒼村作亂……」說到這裡，他看著院中的李家人，眉目間那份溫和褪盡，換上冷冽。「我定是要請他吃牢飯的！」

見捕快來了，圍觀的人七嘴八舌的趕緊把事情的來龍去脈說了一遍，就差指著李家鼻子罵他們不是人了。

李家人已經傻了，他們沒想到真把捕快請了過來，平民百姓甚少和官府打交道，只覺得那威嚴的地方輕易去不得、碰不得，誰敢和官府作對呢？

跟著李一來的幾個大漢立馬轉頭找李一算帳。「你只說幫你帶弟妹回家，可沒說這事還要官府管啊！」

李一面色慘白，好不容易才找回了些底氣。「官老爺你們莫聽他們胡說，我只不過是來接自家娘子回家，不信你可以去官府察看，景福卿是不是我明媒正娶的妻子！」

一旁柳娘看著他，眼中似有嘲諷，這人……這人昨天還溫言說她才是他的妻，只不過這一嚇，就變了卦？

李一不敢看身邊人的眼睛，他也無暇去看，現在正絞盡腦汁想著要和官老爺解釋清楚。

武喬文對著李一笑得瞇起眼睛。「我當然知道景家妹子是你明媒正娶的妻子，景家妹子出嫁我還吃了一杯酒呢！」

李一臉色一黑。

「不過嘛！」武喬文神色又嚴肅起來。「你慫恿他人鬧事，拋棄妻子，既然有人告上來了，那這事我們衙門必定是要管的，還請李家的幾位跟著我們走一趟，這事還得詳細說道。」

「大人，你可不能這麼偏袒人啊！」李一娘衝了過來，嗓門一陣高過一陣。「景福卿是我們李家的人，她自個兒跑了，我們來接她何錯之有？」

武喬文先是看了一眼景賦生，後者明白他的意思，強打起精神問了李家幾個問題。

「剛才說要福娘回去做妾的是不是你們？

「感念柳娘子產子辛苦讓她來做正妻的是不是你們？

「我們不允，要強行帶走福娘的是不是你們？

「剛剛逼我娘差點撞柱自盡的是不是你們？」

景賦生一聲比一聲厲害，一聲也比一聲響亮，問得李家啞口無言。問完問題，他的體力已經透支得差不多，強撐著說完最後一句話。「你們莫要否認，你們方才的所作所為，在場的諸位都是親眼所見，親耳所聽。」

李一一行人這才發現，他們原來早就被套住了。

林滿此刻又乘勢大聲道：「對，我可以作證！」

後面立馬一片附和聲。

武喬文凌厲地盯著李一。「李一，你可還有話要說？」

「誤會！官差大人都是誤會啊！」李一一下亂了心神，急急忙忙道：「福娘為我們家付出良多，我都是看在眼裡的，怎會讓她委身做妾呢？只是福娘招呼都不打一聲就跑回娘家，我們一時著急，才做了錯事，說了錯話，大人明鑒啊！」

「呸！你個李一好不要臉！」繡娘賈氏實在看不下去了，喝道：「剛才我可明明白白聽見你說讓福娘回去做妾已是仁至義盡，還要讓你那個外室做正妻，這麼快就不承認了？你當得什麼男人？福娘看錯了你，那個柳娘子也看錯了你！」

她越說越氣，福娘那麼好的孩子，偏偏便宜了李一這小子，若是早兩年，早就給自家做媳婦了！

「唉呀——」

「柳娘子撞牆了！」

林滿只關注著這邊，突然聽見人群另一邊傳來一聲驚呼，那位柳娘子約莫是受了刺激，竟然帶著兒子撞牆了！

「柳娘！」李一越發慌亂，一個箭步衝到柳娘身邊，看著她額頭上流下的血絲一時六神無主。

柳娘低著頭，握緊拳頭，額前髮絲掩住她的眼，無人看見她的神情，懷中小兒受了驚嚇嚶嚶啼哭。

不能再拖了……不能再拖了……她必須做正頭娘子，必須入良籍，不然再被賣到那骯髒的地方……

柳娘抬起頭，淚流滿面，淒楚無比。

「李郎，你帶景姊姊走吧，我和兒子不配留在李家，我會帶兒子走得遠遠的，你不用再管我們了！」

這句「走得遠遠的」說得傷心欲絕，再配合她撞了柱子，可不是要帶著兒子去死？李一的心都快碎了，他盼了兩年的兒子，哪能就這麼沒了呢？

可是，若要留下柳娘，福娘那頭……那捕快可是要抓他們啊！

景賦生一直看著這邊的情況，琢磨著他們的神情和動作，此刻適時對武喬文道：「武捕快，我們景家也不是非得逼人性命，李家與景家已成冤家，只要李家願意拿出和離書，今天這事我們景家就此揭過，不過還得煩勞幾位捕快大人做個見證，以免他人有反悔之心。」

景家已經讓步，李家順著梯子爬下去便可，李一沒有意見，但是他娘卻不同意，彷彿看見白花花的銀子在揮手離去，她本想再鬧一鬧，卻被兒子呵斥了幾句，讓她不要胡鬧。

李一娘委屈，好好的財神爺不要，非要再娶個女人回來，她覺得把孩子記到景福卿名下那個主意挺好，但那女人死活不同意，不知道給她兒子灌了什麼迷魂湯，讓兒子只聽她一個人的。

李一娘越想越難受，只覺得新進門的柳娘不是個好貨色，心裡便不滿意起來。

她心中的這些自然是沒人在意的，這廂主意已定，景家已經拿了筆墨出來，景賦生體力不支，李一是大字不識幾個，這和離書便由武喬文來執筆。

景大娘是識得字的，看著書上的內容，又提了女兒嫁妝的事，這是和離又不是休妻，沒得女方帶過去的嫁妝還要留給男方的道理。

李家人自然不幹，景福卿帶過去的嫁妝跟富足人家比起來是不能看，可這是鄉下，除了銀子還有家具、被子都是嶄新的好料子，於是一群人又鬧了起來。

武喬文把佩刀從腰間取下，啪的一聲拍在桌上，那邊霎時噤口，安靜如雞，這才繼續唸了和離書上的內容，李家心痛，但又無可奈何。

確認無誤後雙方按了手印，又去找了里正登記，和離便生效，景福卿與李一再無瓜葛，男婚女嫁各不相干。

李家人沒理由再鬧，一群人只能忍著心中的不甘打道回府。

景家送走了鄰里鄉親，又好好招待了一番遠來的捕快，塞給他們一人百來文銅錢，武喬文沒收，但沒有阻止跟著來的兄弟收。

景大娘小心翼翼地收起和離書，將它鄭重交給景福卿。

「我的福娘，我苦命的孩子，妳終於脫離了那狼窩！」景大娘心酸無比，又忍不住落下淚來。

景福卿心中卻是無比輕鬆，好好安慰了自家娘親一番，而後才道：「今天幫我們的鄰里鄉親不少，不能一一答謝，娘和哥哥得記牢了，是哪家幫過我們，以後若需要，我們也得知恩圖報才行。」然後轉頭看向還沒有離開的林滿，繼續道：「滿娘今天可是讓我大開眼界，跟哥哥一唱一和配合得默契十足，妳再次幫了我，福娘真的無以為報！」

景賦生歇了一會兒已經恢復了些力氣，想起方才的事也忍不住揚起嘴角。「林娘子今天隨機應變得好，讓我們事半功倍了。」

林滿嘿嘿一笑，露出嘴角兩個俏皮的梨窩。「福娘妳說的是哪裡話，妳把我當姊妹，我自然也是如此的，姊妹相助用得著如此客氣？大不了到時候我帶平平再過來蹭幾次飯，你們一家子別嫌我們母女就行了。」

景大娘被她逗樂了，眼淚未乾又笑起來。「妳這個臭丫頭，景大娘家還差妳兩口飯不成？到時候誰給誰掌勺做飯還說不定呢！」

林滿又與他們逗趣了幾句，知道等等他們家裡人還有話要說，便不多逗留，帶著平平離開。

回到家裡，林滿才感覺到肩膀一陣劇痛，進屋關了門，脫下衣服一看，肩膀處已經被背簍勒破了皮，泛著紅絲。

林滿嘶了一聲，簡單收拾了下，家裡又沒有藥搽，只能忍著。

吃過晚飯，哄了平平睡覺，她難得捨得燈油點了一盞燈，將今天所賣的錢拿出來細細數了，錢不多，和福娘一人得了三十五文錢，再加上買調味料用去不少，只剩下了十文，錢雖少，但撒下去叮叮噹噹聲確實悅耳，一天的勞累彷彿也值了。

有收入，日子就有盼頭。

她算了下，今天賣給包子鋪的白菜不算特別多，不當集的時候人少賣得慢，估計做成包子能賣三、四天，等兩天過後她先跑一趟市集，若要繼續合作她再多帶點菜去。

她菜好是不假，但人家萬一要得不多，辛辛苦苦揹去賣不完，白費力氣也是不值得的。

她盤算好，又進空間看了各種菜苗的長勢，新種的菜苗生機勃勃，看著就令人滿意。

林滿沒急著出去，在空間裡忙活了一會兒，除除草、澆澆水，又仔細轉了一圈，平日裡忙的事多，空間都還沒有好好看過。

她邊看邊觀察，空間和現實也不是樣樣事物都相連，比如田埂的野菜，她就只在空間看見過，荒地她去過幾次，都沒有看見野菜的痕跡，她猜想，這個野菜應該是空間自己生長出來的，所以現實裡沒有。

不過如果直接在荒地種菜，空間應該也能長得出來？

等她買了地，以後就可以理直氣壯在荒地裡種，回頭再用空間的水澆灌就行，種多少有多少，反正百年前就有人豐收過，別人就算起疑，也有個擋箭牌，省了許多口水。

在去市集前一天，景福卿找上門，想請她幫個忙。

「我跟李家簽了和離書，本來第二天想去拿回嫁妝的，可哥哥被李家一氣身子又不好了，我也走不開，今天他好了大半，我想趕緊去李家把東西拿回來，免得他們做了什麼手腳，我娘家沒什麼人，想來想去只能找妳幫忙，平平今天就放在我家，我娘照看著，妳看可行？」

林滿自然是沒有異議的。「就我們倆怕還是不行，妳那些家具還要不要拉回來？聽說妳出嫁時光被褥、套子那些都不少，我們借了武大叔的牛車，然後再問問周嫂子家的大山哥，還有妳屋後的啞巴叔能不能跟著一起去，等下跟妳娘打好招呼備些好酒好菜，回來了也能好好招呼一頓。」

景福卿聽完只覺得頭腦清明，感嘆道：「我只想著趕緊去拿回東西以免突生變故，倒沒有妳想得周全。」

而後又道：「啞巴叔家就繡兒一個人，大山哥家也只有周嫂子，到時候一併叫上去我們家吃吧，我先回去跟娘打聲招呼，妳幫我喊人。」

安排好了兩人便不再廢話，分開行動。

林滿先去自家屋後的周氏家，說清了來龍去脈，周氏便道她去跟當家的說說看，最近地裡活兒已經差不多，沒什麼太忙的。

周氏出馬自然馬到成功，馮大山先回屋換了身乾淨衣裳，又拿了根扁擔，便對著林滿一點頭，示意可以走了。

林滿道了謝，對周氏說道：「嫂子我們約莫下午才回來，福娘說了讓妳別做晚飯，到時候去她家吃。」

周氏明白這是人家的好意，便應了下來，說吃了午飯就去景家，幫忙看孩子做做飯。

林滿跟馮大山直接去了武大叔家借牛車，武大叔不在，只有賈氏和兩個俏麗的小姑娘在做繡活。

一個姑娘頭上紮了粉緞帶，是賈氏跟武大叔的小女兒，叫做巧兒。另一個頭上隨意繫了根繩子的，不是他們的孩子，是啞巴叔十五年前在林子裡撿回的棄嬰，叫繡兒。

啞巴叔因為家裡窮、人又啞，年輕時一直說不到親事，本以為孤家寡人一輩子，沒想到上山砍柴的時候卻白得了這麼一個女兒。

賈氏家那年剛好又生了巧兒，見到被遺棄的小嬰兒哪裡受得了，一時母愛氾濫，自己奶水也足，便做主將棄嬰一道餵了。

後來兩個孩子逐漸長大，足足有七個月了，賈氏的奶水不夠，才給繡兒斷了，小姑娘長大了出落得十分水靈，從小就愛跟賈氏和巧兒親近，不忙的時候形影不離，賈氏便將繡藝給兩人一起教了。

繡兒知道這是可以吃飯的手藝，學得十分認真，現在已經能獨當一面接些繡活，她知道養父辛辛苦苦將自己拉拔長大不容易，想早日攢些銀錢讓家裡好過些。

巧兒天賦好，她娘本就是繡娘，再者賈氏言傳身教的時候比繡兒要多，學得自然比繡兒快，兩姊妹在一塊兒時，她時不時還能指點一下親如一家人的小妹妹。

兩人都已經訂了親，繡兒是村裡媒人說的邱欽文秀才，武巧兒訂的是村西邊的青梅竹馬范齊林，去年也考中了秀才，兩個小姑娘都是明年便成親。

賈氏最先見著林滿兩人，忙站起身打招呼。「你們這是去哪兒？」

林滿跟她們問了聲好才道：「我們去大蒼村拿福娘的嫁妝，想跟嬸子家借牛車。」

賈氏道：「不巧呢，今兒是喬文休沐的日子，想讓他回來歇一晚，妳武大叔剛把牛車趕去鎮上接他去了，約莫還要一個時辰才能回來呢，妳要是不急就等等。」

林滿算了下一個時辰也不算久，沒有牛車他們還真的不方便，便約好一個時辰後再來取，又對繡兒道：「妳爹也要跟我們去一趟，晚飯在景大娘家吃，妳別做了。」

繡兒有些靦覥，聞言露出羞澀的笑。「好的，謝謝嫂子。」

林滿和馮大山先到景家歇著，那邊景福卿也把啞巴叔請上了，正一起在家裡等他們，林滿說了牛車的事，一群人便決定一個時辰以後再出發。

景賦生在屋子裡面養病，不能出來見客，景大娘在廚房忙活，景福卿便抱了雙兒出來逗大家樂。

雙兒來了景家一段時間後，以肉眼可見的速度長胖了一圈，臉頰已經變得胖嘟嘟，吃飽了、睡足了的她精神十分好，睜著一雙滴溜溜的眼睛到處看，十分討喜。

林滿發現馮大山尤愛逗她，不苟言笑的大男人對這樣粉嫩嫩的小嬰兒都忍不住溫柔起來。

馮大山今年就該滿三十六了，周氏也該三十了，兩人成親八年也沒有一個孩子，到底有些遺憾。

林滿尋了一圈，卻不見平平，便問了景福卿。

「她在我哥屋裡玩呢，我哥今天精神不錯，家裡忙的時候他也無聊，讓平平陪著他吧。」

林滿聽了便沒去找，她一個寡婦不好進男人的屋，在景家玩她總歸是放心的。

景家一群人沒等到一個時辰武大叔便回來，賈氏應當是和他說清楚了，他直接趕了牛車過來，跟著一起來的還有武喬文。

今兒個他沒穿官服，一身粗衣麻布讓人親近不少，眾人與他打招呼都改口叫他喬文小子，不像那日叫大人。

誰打招呼武喬文都一一應了，露出招牌笑容道：「我聽娘說了，那李家都是些無賴，我跟你們一起去他們總歸有些忌憚，不要言謝，鄉里鄉親的不需要那麼客氣。」

景大娘聽了也沒再多說，轉身回屋子，把給一行人準備的乾糧拿出來，又囑咐了讓他們注意安全，早去早回。

武大叔也說去看看，畢竟是在外村，多個人壯膽也是好的，眾人當然是求之不得。

武大叔趕著牛車，速度自然要比走路快，到李家壩也不過才剛剛過晌午。

眾人先在牛車上吃了些乾糧，填飽了肚子才去李一家。

林滿握住福娘的手，問道：「福娘妳可害怕？」

景福卿反拍她的手，回道：「有什麼害怕的，我們這麼多人，還怕他們吃人不成？再說我來拿回自己的東西，又不偷不搶的，不害怕！」

說話間一行人已經到了李家院口，武大叔下了牛車正準備去叫門，手還沒拍下去便聽到裡面一陣叫嚷聲。

「妳個懶婆娘，午飯不做、衣服也不洗，來我們李家當少奶奶啊？要過好日子把我孫子放下妳出去重新找，我們李家伺候不起！

「想在我們李家待就要幹活，沒得還有婆母伺候妳的道理，妳還不是我們李家正兒八經的媳婦呢！

「呸！真不知道哪來的狐媚子，迷了我兒子的眼，放著搖錢樹不要非得弄個賠錢貨回來！」

那叫罵一聲高過一聲，林滿一行人聽了都不禁愣住了。這是唱哪齣？這李一娘不是對柳娘滿意得緊嗎？怎麼才幾日不見就罵起來了？不過這與他們此行的目的無關，該敲門敲門，該叫人叫人。

李一娘在屋裡罵得正歡，瞅著對面抱著自己孫子的柳娘一臉死豬不怕滾水燙，哄著孩子走來走去，壓根兒就像看不見她似的，髒衣、髒褲堆了一屋也不管，自家兒子也由她去，還勸自己說柳娘帶孩子辛苦，讓她忍著點。

以前景福卿在的時候，屋裡屋外都收拾得乾乾淨淨，懷孕的時候也照樣給家裡掙錢。現在這個不會掙錢不說，花錢也是一把好手，今天要根銀簪子，明天要個新鐲子，農家媳婦誰有她講究？家裡好不容易攢幾個銀錢，都要被這婆娘敗光了！

李一娘越想越氣，越想越悔，她當初真是被孫子蒙了眼，滿心想著抱孫子，結果趕走了財神爺，接了個祖宗回來！

正在氣頭上，忽然聽到有人叫門，沒好氣地吼了一句。「敲什麼敲？叫魂啊？」

「我們是景家的。」

一聽是景家人，李一娘神情瞬間就變了，忽然想起上次簽和離書時說要拿嫁妝，莫不是這麼快就來了？

李一娘又是一陣肉痛。

景福卿嫁妝給得好，除了嫁床放李一屋裡，其他好用的都放自個兒屋裡了。小蒼村那麼窮的地方，卻沒想到景家能給出這般好嫁妝，大蒼村也沒幾個比得上的，來家裡串門子的都要羨慕一番，給她掙足了面子。

現在要讓他們搬走，可不是在她心尖上剜肉嗎？難受歸難受，但門不得不開。

李一娘開了門，看見屋外一群人先是愣了下，而後叫道：「你們來這麼多人是幹什麼？是來搬嫁妝還是來打劫啊？」

武喬文站出來笑咪咪道：「大娘放心，我們不是來打劫的，有我在妳怕什麼呢？」

李一娘本想再鬧一場，結果一看眼前的小伙子，不是那天的捕快？氣焰一下就消下去了。

林滿沒理她，對福娘道：「把妳嫁妝單子拿出來，我們對比著去搬。」

農家結婚一般都簡單，有些甚至打個包袱、穿上紅衣就嫁人了，但景福卿家裡都識字，景大娘又有些私房錢，加上以前高門大戶的觀念，想著唯一的女兒嫁人怎麼也不能虧待，嫁妝多女兒底氣也多些，還列了單子出來。

這當時在大、小蒼村還引起一場轟動，景福卿嫁人的時候也算風光一時，誰能想到不過兩、三年，竟然就和離了呢。

景家來人拿回嫁妝，這也算得上村子裡一大話題，左鄰右舍都跑來看熱鬧。

看著一床床還未用過的新被褥，還有那好木頭打造的桌椅、一盒首飾，還有一些雜七雜八的小東西，這些一樣一樣的往外拿，別說李二娘了，就是看熱鬧的人都覺得肉痛。

「李家大婚那天你看見沒有？那嫁妝抬進來的時候李家多風光，現在就多肉疼。」

「哎呀，這李家可真正是趕走了財神爺！」

景福卿照著單子點了點，大多數都在這兒，太大件的，例如那架嫁床，還有用過的和不能用的，她都不打算要了，重要的帶走了就行。

她從兜裡掏出二兩銀子遞給李二娘。「這是你們家當初給的聘禮，現在也退給你們李家，大件的我也不要了，你們李家對我不仁，我卻做不到不義，再大件的家具我不搬了，算是在李家這些日子的費用。」

李二娘現在連頭髮都是痛的，就算把二兩銀子聘禮退給她也無法安慰一絲一毫，以前景福卿繡活要是接得好，一個月就能賺二兩銀子回來，現在二兩就要斷了兩家關係，她只覺得腦袋一陣一陣暈眩。

銀子，銀子，她的銀子啊！

景福卿可沒空管她痛不痛，一把把銀子塞進她懷裡就轉身離開。

至於一直在屋簷下看熱鬧的柳娘，景福卿看都沒看她一眼。

林滿來之前以為會有場惡戰，結果沒想到這麼順利，那個李一不在家，不知道去了哪裡，他們一行人忙了大半下午也沒看見他回來。

取回的嫁妝靠著武大叔幾人整整齊齊地裝在牛車上，滿滿當當的，一行人只能跟著牛車走回去。

第九章

一群人回到景家天已經大黑，畢竟他們回來的時候拉了那麼多東西，只能靠著步行，比往常還要多走一個時辰。

景大娘遠遠便瞧見他們回來，鬆了口氣，趕忙倒好熱水端出來，等他們一到家洗洗手就可以吃飯。

林滿一行人先將拉回來的東西卸貨，而後才去漱洗。

景大娘走過來對林滿低聲道：「武大兄弟父子倆也幫了忙，我也去叫了巧兒母女倆，巧兒跟著繡兒過來了，妳賈嬸子沒來。」

景家最近事多，林滿都幫了忙，有時候還能出些主意，現在景大娘一有事就會說給林滿聽。

林滿感覺景大娘話中有話，便問道：「景大娘是有話想和賈嬸子說？」

景大娘頓了一下，笑道：「我就跟妳說說，沒其他意思。」

見景大娘不願意說，林滿知趣不問，隨意道：「是我多想了，還以為您是跟我商量什麼來著……」

景大娘反安慰她。「妳年紀輕輕便遇到那麼多事，現在好不容易振作起來，想多些也沒壞處，總比吃了虧才看明白要強些。」

今天周氏也過來幫忙，林滿倒不用忙活什麼，把平平招來摟在懷裡，問她今天乖不乖，有沒有幫忙看著妹妹，是不是又去吵景叔叔了。

平平順著往她懷裡擠了擠，只說妹妹乖，其他的什麼也不說了。

武大叔在一旁瞧著稀奇，賈氏總喜歡把村裡大大小小的消息都在他耳邊嘮叨幾句，林滿自然也沒能逃過。

他想想自家婆娘先前怎麼說的？

自從沈郎走後，林滿受了刺激，要當那沒良心的後娘了，平平小小人兒就被折磨得不成樣子，怕是長不大了。

賈氏說起林滿如何虐待平平，更是像親眼所見，頭頭是道，怎麼折磨的都能說出個一二三來。

現在這麼看來，話傳多了果然是會變味的，信不得。

平平那小模樣哪裡怕林滿來著？

晚飯的時候景大娘逐一謝了來幫忙的人，又將先前裝好的飯菜交給武喬文，讓他帶回去給賈氏，武喬文本來不要，但景大娘道：「你娘一個月才盼了你一天休沐，應該是想好好和你聚一下的，結果沒想到我們家這檔事累著了你，你娘一個人在家恐怕也吃不下，你帶回去陪著她吃點，都是做娘的，沒什麼比自己孩子在身邊陪著要緊。」

武喬文聽了便接下，跟著父親帶著妹妹離開。

景大娘看著武家父子離開的背影，她突然想起賈氏當年私下來找她說兒女的婚事，如果那時候福娘嫁的是喬文小子，何必受這麼多罪？

人啊，有時候只要起這麼一個念頭，更多的想法便會隨之而來。

武喬文雖然二十一了，卻尚未說親，這麼優秀的小子不知道多少家閨女眼巴巴盯著呢，可他當年差那麼一點就成了自己女婿了。

景大娘心中越想越悔，恨不得時光倒流。

福娘在自己眼中當然是千好萬好的，但她到底是嫁過人又生了孩子，跟喬文小子是不能成了。

再說賈氏也不會同意的，今晚他們一家子都來吃晚飯，她不來是怕景家多想，覺得她賈氏還想著福娘呢，畢竟當年是她提起想將福娘說給自己兒子的。

景大娘畢竟是大宅子裡出來的，婦人們的一個眼神、一個動作，別人的心思就能猜個八九不離十，自然也不會主動去做那些討人嫌的事。

揉了揉又悶又痛的胸口，景大娘死命把心裡的想法壓下去。

幫忙的人陸續走了，周氏跟馮大山本來想和林滿一道走，但林滿有事要跟景福卿說，便讓他們先回去了。

林滿拉過景福卿對她道：「明兒我就去市集看看，如果包子鋪要得多，到時候只有我們兩個人忙，妳又要帶孩子，可受得了？」

景福卿道：「賺銀子哪裡有受不了的？娘不讓我碰針線了，說在李家熬得太多了，讓我歇一歇，不然以後老了就難受了，但我帶著孩子回來又是兩張口，哥哥還要吃藥，不找點進項我心裡就跟螞蟻咬似的，難受得很。」

跟著又降低音量繼續道：「以前我娘身上還有些從京城帶來的銀錢，那銀子在京城確實不算多，但在農家卻是一輩子不愁吃喝的，只可惜我哥哥藥不能停，我又扯了後腿……這麼坐吃山空也不是辦法，我是真的著急。」

林滿聽了便安慰幾句，讓她不要著急，自己明天快去快回，看情況再說。

景福卿知道著急也沒用，當了平民百姓才知道，原來銀錢是那麼不容易得的。

第二日一大早，林滿便揹上平平去市集，今天不當集，路上沒遇著什麼人，倒也沒人奇怪她這個時候去市集幹什麼，不然又是一番口水。

小蒼村的市集平時也開著，只是不如當集熱鬧，集上也住著不少人家，平日裡也會去添些家用，有些店鋪不當集也開著，做著周圍的生意，蚊子腿再小也是肉，積少成多嘛。

林滿直接去了包子鋪，她本以為包子鋪應該是冷冷清清的，卻不想一眼便望見那裡排起了隊，隊伍不算長，約莫十來個人，人群裡還有人在和包子鋪的老闆說話。

「秦包子，你今天包子賣多少啊？給我留十個豬肉白菜的！只要白菜的，其他的菜我不要！」

「給我也留十個，我昨兒下午來你說沒有，今天上午來你別說又沒有，我媳婦吐得厲害，就你家包子能吃得下。」

包子鋪老闆中氣十足道：「別急別急，今兒我把所有菜都給包上了，昨兒沒買到的也有。」

人群裡又有人說話了。「哎喲，你這白菜包子以前我也經常買，可沒這鮮味，現在你是用了什麼法子，越來越好吃了。」

新的幾籠包子已經出籠，秦包子揭開蓋子，香味瞬間四散飄開，一陣陣往鼻孔鑽，把人肚子裡的饞蟲全都勾出來。

秦包子一邊裝包子，一邊收錢，忙得不亦樂乎，聞言還抽空答了一句。「我這可是秘方，要想知道就多買多吃自己琢磨去！」

那人罵了一句老滑頭，揣著包子樂滋滋的走了。

林滿看著這一幕知道自己什麼都不用問了，只須回去準備準備，明兒個把菜拉來就行了。

秦包子忙完了，剛把額頭的熱汗擦掉，就看見不遠處的林滿，立馬見了鬼似地朝身後喊。「孩子他娘，孩子他娘，那個小娘子來了！」

林滿上前去笑咪咪地打招呼。「秦大叔好，我今天就是來看看你還要不要菜，要的話要多少，我明天好帶來。」

「要，要！」秦包子還沒開口，喬大娘就從棚子裡衝了出來，這次雙手的麵粉都還沒來得及洗。

「小娘子妳家裡還有多少白菜？我都要了！」喬大娘臉都笑成了一朵花。「別等明天了，今兒下午就拉來，明兒當集正好賣。妳是沒看見那白菜包子多好賣，不當集這幾日都有人天天等著買，什麼理由都有，我說小娘子，妳家白菜真是絕了，怎麼能種出這樣的味道來？我們自己每天都忍不住要吃呢！」

林滿鸚鵡學舌。「我這可是秘方，要想知道就多買多做自己琢磨去！」

秦包子忍不住大笑起來，笑完了話題又轉回來。「小娘子下午能帶來嗎？要不要我找人幫忙？」

「沒問題，幫忙就不用了，秦大叔還要不要其他菜？我家還有些番茄和竹筍，都是這個季節還沒出來的，我試著種了一點，也長得很好，你可以做做竹筍包，試試新口味也不錯。」

喬大娘道：「那好，還有其他菜也可以多帶點，我們雖然用不著，但我兄嫂那邊還要，先前他們還來問妳什麼時候再來呢，妳下午一併拉來，我待會兒去給他們打聲招呼。」

林滿應了下來，連口水也沒留下來喝，急急回了家。

中午吃完飯，哄了平平午睡，林滿便尋了景福卿，把事跟她說了。

景福卿沒想到那菜真這麼好賣，跟景大娘打了聲招呼，便抱著孩子去林滿家了。

兩人進了空間就開始忙起來，一個在地裡收，一個往外面放，忙了個把時辰才弄完。

空間裡的菜長得好，沒有爛黃葉子，就用不著收拾，倒是省事多了。

菜種得確實不算多，但也不算少，除了先前說的白菜、竹筍、番茄，還有十來顆茄子。

林滿又厚著臉皮去找武大叔借了牛車，只說要拉些東西去市集上，還好今兒個是武大叔在家，賈氏不在，不然怕是要被刨根問到底，武大叔就好說話多了，只叮囑用完記得把牛餵飽喝足再還回來。

有牛車就方便多了，林滿和景福卿又忙著裝菜，恰好平平已經午睡醒了，可以幫忙看著妹妹。

雙兒太小，景福卿抱著去不方便，但也不放心將她一個人放在家裡，林滿看出她的憂慮，便道：「我自己去就行了，我雖然不會趕車，但趕牛還是會的，大不了慢去慢回，平平跟著我，就不去妳那兒了。」

景福卿點點頭，又道若是趕不上晚飯，就在市集上吃了再回來，錢從她那份裡面扣。

林滿怎麼會要她的錢？但也知道自己要是拒絕了景福卿一定又是一陣囉嗦，便胡亂點了點頭，將平平小心放在牛車上，等她抓穩了便趕著走了。

第十章

路上林滿趕了一會兒牛，慢慢摸索著怎麼趕牛車，她駕得不算熟練，但也平安到達市集上。

秦包子一見那一車的菜就跟看見銀子一樣開心到不行，幫忙卸了貨，然後拿出早就準備好的秤，當著林滿的面將自己要的菜秤了。

白菜、竹筍、蘿蔔他都要了，裡面蘿蔔便宜些，一文錢一斤，白菜按上次說好的價是兩文，竹筍要貴些，而且又是這個時候沒有的稀罕菜，賣五文一斤，算下來差不多有二兩銀子。

林滿接過銀子，笑得滿臉開花。

秦包子忙著將菜做成餡料，沒來得及跟她多寒暄，林滿也不是不識趣的人，趕著車將剩下的菜送去了來福小炒館。

這次接待的不是上次的虎牙小少年，而是一個淡眉細眼駝峰鼻的男人，林滿猜測著這人的身分，那人一見林滿拉著菜來，一笑，露出兩顆虎牙。

林滿立即明白了，這人是虎牙少年的親爹啊，幸好只遺傳到虎牙這個特色啊。

林滿叫他喬大叔，兩人直接拿菜過秤，喬大叔有點話癆，過秤時嘰嘰喳喳沒停過，一會兒誇林滿家菜好，一會兒誇林滿能幹，一會兒又說平平乖巧，話時不時說到一半就拐了彎，比如：「林娘子不是我吹噓，這市集上館子、酒樓這麼多，我們來福小炒也是排得上號的，茄子五斤……」

諸如此類，林滿腦子經常沒跟著轉過來，而後一陣恍惚。來福小炒館要的菜少，但好在都是這個季節的稀罕菜，賣得也要貴些，也得了一兩銀子。

林滿小心翼翼揣好錢，把景福卿的那份分開放好，又去糕點鋪給平平買了幾塊酥糖，把小姑娘樂得眼睛都瞇起了。

駕著牛車趕回去，還不到晚上，給景福卿分了銀錢，福娘還感嘆道：「以前一個月才能賺二兩，還要接的活兒好才有，一般的繡活也就一兩銀子，不想就這麼幾天，就能賺得這麼多。」

「福娘別感嘆了，包子鋪和小炒館已經定了下次的菜，今兒晚上吃了飯妳就要過來，趕緊把下次的種上。我觀察過了，像白菜、蘿蔔這些熟得快，一天就熟了，茄子、竹筍那些得要三、四天呢，成熟越慢的菜，空間也就熟得慢，早點種上才妥當。」

景福卿一聽，也顧不得感嘆了，趕緊應了下來。

今天天氣好，陰了幾天的老天爺終於露出個笑臉。

景大娘正坐在屋簷下給雙兒縫製小棉襖，但眼神卻沒放在針線上，手上的動作也好久沒動，不知道在想著什麼。

景賦生被拉出來曬太陽，見娘親心事重重，便放下手中的書，和他娘親聊起來。

「娘可有什麼心事？」

景大娘被兒子喚回神，放下了手中的針線，和他說道：「最近福娘時常不在家，一問都是帶著雙兒去找滿娘了，她有個能說話的姊妹我是開心的，但是這幾日她回來腳上都沾了泥土……」

景賦生聽景大娘說了一半又不說了，疑惑道：「娘可是憂心福娘去做了什麼？」

景大娘嘆道：「可不是嗎？前幾日我也沒怎麼在意，昨兒我去村子的榕樹下和老姊妹們聊天，她們竟然問我知不知道滿娘做起了生意，那天她們有人親眼看見滿娘借了武大叔家的牛車，拉了滿滿一大車的菜去市集上了，雖然當天不當集，但拉去市集上除了賣還能做什麼？但沈家除了那泥厝沒賣，啥都賣光了，哪來的地呢？」

景賦生細細一想就明白了景大娘的擔憂，問道：「娘是擔心福娘跟著滿娘去做了什麼見不得人的事？」

景大娘一下紅了臉。「我知道這樣隨便懷疑別人不好，別人雖然沒有明著說，但話裡話外也都有這麼一個意思，我聽著難受。還有那席大嘴，竟還說滿娘是偷了別人家的菜去賣的，還說說不定我家福娘有參與，差點氣死我了！」

席大嘴是村裡出了名的碎嘴婆娘，凡事只要經過她的耳朵，總能變成一個新的故事傳出來，眾人雖然不大信，但卻忍不住聽聽來滿足好奇心。

景大娘繼續道：「本來前兩天想問問福娘，但她似乎累得很，回來收拾了自己和孩子就睡了，今兒一大早又不見人影，都沒說上一句話。」

景賦生回憶了一下，這幾日確實很少見到福娘，每日看起來確實很累，但人還挺精神，眼神都發著光。

「那娘今兒中午吃飯的時候就問吧，別再胡思亂想了。」

景大娘應了聲，抬眼看了天色，差不多可以做午飯了，便丟開手中的針線活進了廚房。

話說景福卿那邊，確實是和林滿在一塊兒，兩人正在準備下次的買賣，這次兩人多種了些不應季的稀罕菜，打理時間也相對長一些，過了這麼幾日，總算是要熟成了。

林滿心滿意足地看著那些菜。「這些稀罕菜小炒館肯定要不了這麼多，到時候我再試著去大酒樓問問，怎麼說也能賣個新鮮，只要第一步跨出去，後面的生意就好做了。」

景福卿幹勁十足，附和道：「是呢，當集那天咱們還是別拿太多茄子、番茄，沒有牛車我倆也拿不了多少，萬一賣不出去反而把人累倒就不划算了。」

林滿覺得有道理，心中也有些遺憾，若是他們兩家中都有一個成年男子能幫忙做些體力活，賺錢還能更快些。

眼看到了晌午，景福卿就帶著雙兒回去了，沒想到一跨進家門就被自家哥哥叫了過去。

景賦生沒有拐彎抹角，問得十分直白。「妳和林娘子在做些什麼？上次有人看見林娘子拉了菜出去賣，她家哪來的地？妳是不是有參與？」

景福卿心裡一愣，沒想到這件事這麼快就被家裡人發現，而且還是別人告知的，這麼說她們有菜賣這件事早就不是秘密了？

但她還是忍著沒把空間的事說出來，只道：「哥哥你放心，我們的菜都是我和滿娘靠著自己的雙手種出來的，至於在哪裡種的這個是秘密，總歸不敢占別人家的田地，上次滿娘送我們家的白菜也是那裡種出來的。」

景賦生卻沒讓這事輕易揭過，繼續問道：「那到底是哪裡的田地？妳總能說出個一二三來吧？妳這幾日整日不在家，娘又聽了些村子裡的閒言碎語，為妳擔心得很，這幾日精神都不大好，妳沒有發現？」

景福卿一愣，愧意爬上心頭，她這幾日只想著趕緊多給家裡攢點銀錢，倒沒多注意家裡的情況，就連娘親的情緒都沒注意到。

這真的是大不應該。

「我知道了，我待會兒就去跟娘說說話，還有那塊地不是我不說，是不能說，回頭……回頭滿娘要是願意，我讓她來跟你們說吧！」

說完話，她便抱著孩子去找景大娘了，留下景賦生在外思考。

景福卿對景大娘的說辭跟哥哥聊得差不多，景大娘聽了放心不少，只要不是偷雞摸狗的缺德事，能賺銀錢她都是支持的。

「那等滿娘有空了，妳把她找來，那些難聽的話傳起來快，妳倆一個守寡，一個剛剛和離，名聲可再禁不起打擊了！這個時代，那些婆娘可不會在乎真假，只要能在茶餘飯後嚼一嚼，有得說就行了！」

景福卿好好想了一想，她們還要再賣菜出去，不想個法子是沒法解決那些猜忌的，況且為了荒地裡的菜不被發現，她們在空間都不敢種太多，可萬一日後生意好起來，哪裡忙得過來？

景福卿越想越著急，午飯也是匆匆吃了幾口，好不容易哄睡了女兒讓自家娘看著，就急急忙忙去尋林滿了。

林滿剛洗完鍋碗，正給平平鋪床睡午覺，見景福卿這麼快就來了，不禁有些奇怪，再一見她神色著急，心下也跟著忐忑起來，趕忙迎了上去。

「這是怎麼了？可是出什麼事了？」

景福卿道：「滿娘，我倆賣菜的事被發現了，現在村子裡怕是已經傳遍了！」

林滿當頭一懵，緩了一下才反應過來，讓景福卿趕緊說清楚。

景福卿拉著她，細細地把今天娘兄的話說了。

聽完後林滿反而冷靜下來，想了下便道：「不能等了，我現在去找村長和里正，買荒地，然後咱們正大光明的種！十畝地，比咱們悄悄在角落裡種的那一畝強多了！」

景福卿愣住了。「現在去？那可是十畝啊，咱們先前雖然賣了些銀錢，但怕是不夠啊！」

「不夠也得試試，實在不行我賒帳，賒不了帳我……我就去借錢，總能有法子的。」

景福卿算了下手中的銀子，她以前掙的錢全都給了李家，只有懷著孩子那年堪堪攢了幾兩，再加上最近掙的二兩，加起來也沒六兩。

若是按照正常地價來算，小蒼村旱地是三兩銀子一畝，水田是二兩五左右，現在只能祈求那荒廢了百餘年的地便宜點，但到底夠不夠心裡也沒底。

林滿沒囉嗦，搜羅出自己全部的銀子，也不過二兩有餘。

景福卿也攤了自己的老底，兩個人的銀子加起來也就九兩，差得不是一星半點兒。

林滿腦子裡面轉了幾轉，對她道：「福娘，地早晚都是要買的，所以醜話我也要說在前頭，俗話說，做生意千萬不能找親朋好友合夥，不然再親早晚都要成仇，有些話我們還是提早說出來為好。」

景福卿也嚴肅道：「滿娘妳說，生意上的事我不懂，有理我就認，若覺得沒理，我再說說自己的看法。」

林滿便沒客氣，直道：「空間是在我這裡，它選擇了我做主人，本是只有我有權利使用它，但自從我在空間裡種菜開始，妳便一直陪在身邊幫忙，銀錢也是妳陪著我在掙，我倆說句是患難姊妹都不為過。」

景福卿覺得在理，點了點頭。

林滿便又繼續說：「我先前便一直在想，若要一起買地，這地該怎麼分？荒地有文書字契，白紙黑字會寫得明明白白，但空間是沒法寫上去的，所以，只能靠福娘妳來和我各自遵守規則了。

「今天話要說通透，免得日後各自猜忌，誤會橫生，這塊地我左思右想，覺得還是五五分最公平。買地的時候我們各拿一份地契，等後面荒地開墾好了，能全面豐收了，我就把我的這份地契轉讓給妳。這樣做是為了怕開頭有什麼意外，損失我倆共同分擔，後面能賺錢了，妳管荒地、我管空間，既是合作也是制約，對我倆都公平。」

景福卿思考了一回才反應過來，滿臉不敢置信。「滿娘妳這是做什麼？既然是我們一起買的，怎麼能只給我一人？我是不同意的！」

林滿搖了搖頭。「人只要有心就有想法，不是不相信妳，只是無法斷定日後會發生什麼，如果哪天我們鬧僵了，妳拿著荒地的地契，我守著空間，妳種不出東西，我也不能種東西，都是對咱們的懲罰。」

景福卿過了好半晌才回過神，而後緊握住林滿的手，既感動又惶恐她的信任，只好信誓旦旦道：「放心吧滿娘，有錢我們一起賺，有難一起當，誰先背叛誰是龜兒子！」

林滿噗哧一聲笑了出來，難為她這個曾經的京門閨秀出口成髒了。

後面要辦的事情還很多，景福卿先下手為強道：「我倆肯定是要借錢的，若不行，我先找我娘借吧！妳可別說不行，我倆現在是一條線的螞蚱，沒得有錢不賺！」

林滿原本也是這樣打算，她家窮成這個樣子，一說借錢誰不繞道走？福娘能有辦法最好不過！

林滿跟景福卿先去找了村長和里正，兩人剛好在一塊兒抽旱煙聊天，她倆把想買荒地的想法說了出來。

村長手一抖，煙鍋裡的煙灰抖落在地，但他沒工夫理，眼珠子瞪成一顆球，聲音就像院子裡打鳴的公雞。「啥？啥？妳要買河邊那塊荒地?!」

里正也跟看傻子一樣看著她，旱煙也不吸了，問道：「我說沈家媳婦，妳這是有啥想不開的？要去買那塊賠錢貨？妳雖是外嫁來的媳婦，但那地的名聲妳不會沒聽過吧？種啥啥不長，地又陰森，可不是啥好地方啊！」

「我知道的，里正。」林滿笑道：「可我想試一試啊，那塊地我去過幾次了，我覺得沒問題，買地不是小事，我想得明明白白的，反正地荒著也荒著，不如賣給我試試？」

景福卿也跟著幫腔。「我和滿娘商量好了，這塊地買來以後是福是禍我們自己擔著，如果真種不出東西，就當把錢捐給村子裡做好事。」

里正嘆了口氣，把煙鍋裡剩下的煙灰往石階上敲乾淨，還想再勸。「福娘妳怎麼也跟著瞎胡鬧，你們家算得上村裡最富足的一家了，銀錢是不缺，但妳哥哥還在吃藥吧？有那銀錢浪費在荒地上，不如帶妳哥哥再去找找好大夫，那地……妳們想買，我也不願意賣，這不是坑人嘛！」

村長似乎想到了什麼，問兩人道：「前段時間村子裡在傳滿娘賣菜？妳如果是沒有田地種才想買，那我勸妳死了這個念頭，那地方種不出來。說不賣就不賣，妳倆回去吧。」

景福卿沒了主意，荒地由於一直無人接管，早成了村裡的財產，若想買就必須從村長和里正這裡過地契，他倆不賣，真就沒轍了。

林滿還是笑咪咪的，連梨渦都顯得真誠無比。「村長，里正，我是在賣菜，但你們也知道沈郎家連畝地都沒有，我這菜是哪兒種出來的？」

村長和里正本來沒在意她這菜哪兒種的，家家戶戶門前屋後都會開出巴掌大小的田地來，那是歸房契的，他們本以為林滿那些菜也是這麼種的，她現在這麼一問，兩人就細細想了下。

對了，村子裡面是怎麼傳的來著？林滿借了武喬文爹的牛車拉，那菜能少了？巴掌大的地怎麼種出那麼一大車的菜？

里正看林滿那模樣，腦袋哄的一下炸開來，煙鍋差點都沒拿穩，小心翼翼問道：「沈家媳婦……妳該不會是跑荒地去種出來的吧？」

林滿大大方方地承認了，接著笑容一收，抿起唇，眼神悽苦。「我知道私自占用村裡的地不對，但我實在沒辦法了，家裡沒地，平平又小，我不這麼做，我娘兒倆真的就要餓死了……村長你們要是願意把地賣給我，後面我定會加倍補償的！」

景福卿跟著道：「是呢，而且怪得很，那塊地我跟著滿娘一起種，我種了就不長，滿娘種的就長了。」

村長和里正坐直了身子，目光不明地看著林滿，不知在想些什麼。

景福卿手心都出了汗，深怕兩人打破砂鍋問到底。

里正拍了拍村長，示意他進屋裡說話。

兩人的心情有些複雜，荒了百年的地突然能種出菜了，真是難以置信，而且還很令人畏懼。

就好像神明突然在你面前顯靈了，但卻不是靈驗你，而是靈驗別人，你是開心呢還是不開心呢？

里正率先開了口。「這塊地百年前種什麼豐收什麼，你說沈家媳婦是不是也是這麼個情況？」

村長過了一會兒才開口。「怎麼？你想坐地起價？」

里正沒說是也沒說不是。「那塊地要是真種什麼得什麼，那不是送上門的富貴嗎……」

村長又想了會兒才道：「那荒地每隔個十年、八年就有人不信邪試著去種一種，種出什麼來了？白辛苦一年，我記得你家也種過一回？」

里正摸了摸鼻子，不太想提這個話題，那一年被家裡人罵了個夠本，直到過年才消停。

村長嘆道：「你別想些歪主意，這塊地怕是個靈地，要認人的啊，百來年才出了這麼一個能種出來的人，咱們還是別做得過火了，說不定這是村子的機遇呢。」

里正問他什麼機遇，村長卻不說了。

林滿和景福卿在外面等了好一會兒才見兩人出來，一顆心跳得很快，不知道他們會說些什麼。

村長咳了一聲，正色道：「那塊地空了百年才出了個能種的人，這是滿娘妳的福緣，我們沒有不賣的道理，就按村子裡的旱地價算吧，妳可有足夠的銀錢？」

林滿聽見能賣就放下一顆心，聞言連忙道：「我銀錢還差得多，所以和福娘一起買，一人五畝，各自交錢。」

里正看了一眼景福卿，想說些什麼，被村長一個眼神制止了，對林滿道：「可以的，錢帶來了嗎？帶來了我們這就立書契。」

林滿說借的錢還沒拿到，要和景福卿回去拿，轉回來再立契，村長也沒異議。

見林滿和景福卿走遠了，里正忙怪道：「你怎麼回事啊？那景福卿能跟著買，我就不能跟著買了？白白跑了那麼一個財神！」

村長有些頭疼這個里正，格局小、腦子也不夠，他不耐煩道：「你看不出來滿娘和福娘是一夥的嗎？她能上哪兒借錢去？除了福娘那麼大一筆銀子誰借？福娘買了地有滿娘幫著種，你買了滿娘幫你種嗎？再說憑什麼人家要你摻和一腳？十幾兩的銀子你願意借？不願意就閉嘴！」

里正雖然不服氣，但也沒再繼續說了，十幾兩他拿都拿不出來，就算有，借給一窮二白的林滿？他是腦子被門夾了才幹得出來。

第十一章

林滿和景福卿到了景家，一說要買荒地，景大娘的反應不亞於里正和村長，直接叫了出來。

「妳倆是被山怪迷了眼嗎？怎麼腦子都壞了？」

景賦生倒是淡定得很，還饒有興趣地問兩人。「怎麼突然想起買那塊地了？」

景福卿看了林滿一眼，而後對娘兄道：「你們不是想知道我們賣的菜是哪兒種出來的嗎？就是滿娘在荒地種出來的。」

景大娘方才的驚叫一下卡在嗓子，整個人都懵了。

景賦生笑了，琉璃眼色彩熠熠，蒼白的面容有了些許紅潤，如夏日清風，沁人心脾。

「滿娘有這等本事？」

林滿還未回答，景福卿便搶道：「哥哥若是不信，我們可以帶你去荒地裡看一看，那裡現在還種著幾根蘿蔔呢。」

景賦生眉眼彎彎，輕輕笑出聲，濃郁的睫毛都跟著顫了幾顫。「不是不信，只是好奇罷了。」

林滿心中感嘆，景賦生這麼溫潤如玉的一公子哥兒，被病魔折騰得可惜了。

感嘆完她又朝著景大娘不好意思道：「大娘，我這次來實在有些不好意思開口，我前幾天雖然掙了幾兩銀子，但買地還遠遠不夠，所以……能不能跟您借一點？」

景大娘問了多少，林滿算了下還差十二兩，數目實在有些大，她說出來面色都紅了。

景大娘沒有猶豫，說願意借，但是也把醜話說在前頭。「我借妳十五兩，多的妳拿去買些農具，那麼大一塊地要開墾不是容易事，只是這不是小數目，須得立字據按手印，大娘不收利息，妳可願意？」

林滿欣喜不已，自她來了這裡後受景大娘幫助良多，當下便暗自下決心得好好把荒地打理起來，讓福娘多賺些銀子。

景賦生立了字據，林滿按了手印，景大娘就拿出一個小小藍布包，裡面裝的是十五兩碎銀子。

林滿小心翼翼地揣著，然後和景福卿趕回村長家，雙方立地契交錢，里正白紙黑字登記好，交易便完成了，荒了百餘年的荒地，有了主人。

先前林滿私用荒地，村長也沒有計較，一句「算了」算是揭過。

末了，村長看著林滿叮囑了一句。「這塊地對妳來說是塊好地，百年一遇，如果有發家致富的出路，就幫幫村子裡的大夥兒。」

小蒼村蓋了多少年就窮了多少年，有本事的都攜家帶眷離開了，這深山老林的，除了地裡刨食也找不出其他出息。

林滿回道：「我嫁來這裡雖然不久，但遇到的都是些好心人，村子裡大夥兒幫助我良多，我定要為他們盡些綿薄之力。」

林滿和景福卿收好各自的地契，心中頗為激動，回去的路上碰見有人問她倆啥事這麼高興，她們也沒瞞著，將買地的事說了。

早晚都得讓人知道，她們何必瞞著？

於是林滿和景福卿買了荒地的事傳遍全村，引起一場騷動。

眾人都說她們瘋了傻了腦子不清醒，錢多燒手冤大頭，還咬牙切齒地奚落她們把錢拿去打水漂兒不如拿給別人用，還能當行善積德。

也有人說那是別人自己的錢，一不偷、二不搶，想怎麼用是人家的事。

還有人跑去荒地看看有什麼不同，去的人多自然就發現了角落裡種的菜，然後又是一場震動。

空了百餘年的荒地，能用了！

許多人這才明白，林滿和景福卿是撿著寶了！

不少人直呼後悔沒有先下手為強，十畝地啊，每年可以種出多少糧食？

村裡震盪了好幾日才停下來，景大娘把這些聽聞回去講給兒子聽，問他怎麼看？

景賦生望著遠方，眉眼溫和道：「敢想、敢做。」

他沒有指名道姓，但景大娘知道，自家兒子說的是林滿。

且不管買地風波持續了多久，林滿拿到地契便迫不及待地要開墾了。

手上還剩景大娘借的三兩銀子，當集那天便去市集上找鐵匠買了幾把農具，鋤頭、鐮刀必不可少，還有犁頭、犁耙等等。

最後她還跟鐵匠描述了一下燒烤架，簡單用小棍子沾水在地上畫了一遍，問能不能做。

燒烤這類料理有錢人家偶爾也會烤，鐵匠做過一次，雖然和林滿的不太一樣，但結構大致差不多，他還是能做得來。

農具雖然有景福卿和她一人攤一半，但這個時代是民以食為天，農具本就貴，再加上燒烤架的訂金，三兩銀子頓時花去二兩，林滿心疼得很。

但這些不能省，她還要買些種子，還要花錢請人開荒，還有簸箕、篩子和裝菜的筐子這些必需品沒有買，沈家本來有這些竹編品，但太久沒用早就壞了，又是一筆錢。

她想了想，村裡啞巴叔擅長竹編，到時候找他做這些竹編工藝品應該能便宜點。

忙活了半天買了該用的，她去秦包子鋪轉了圈，生意還不錯。

今兒當集的人多，隊伍說是長龍也不為過，她還看見有人手裡拿著包子又排隊的，估計是買了邊走邊吃，發現味道好又跑回來再買的。

林滿乾脆也去排了一刻鐘的隊買了個竹筍包子，秦包子執意不收她錢，見林滿不肯，乾脆多包了兩個給她，順便讓喬大娘出來跟林滿訂了下次的菜，這次要得有點多。

林滿實話實話這兩天菜拿不出來，得等等，最近要忙著開荒地，菜暫時種不出來。

喬大娘便有些急，讓她想想辦法，怎麼著都得送些菜來，先穩住客人，不然客人流失了是大損失。

他們秦包子鋪的手藝是好，但也沒到誰都沒法比的地步，現在生意這麼好，林滿的菜才是關鍵，林滿的菜他們能買，別家就不能買？總不能還讓林娘子不賺別人錢吧？

當然得乘機多抓些客人，把客人養熟了，人家以後就懶得換地方了。

林滿以前也是開過餐廳，喬大娘一提她就明白，便答應了。

然後她又去來福小炒館看了眼，那兒生意也好，今兒虎牙父子都在，一個招呼客人端茶倒水，一個上菜跑堂，忙得熱火朝天。

林滿本想等他們不忙了再去說話，那邊小虎牙已經看見了她，急忙叫住了林滿，上前和她說道：「嬸子妳家的菜實在好賣，不到一天就沒了，我爹說下次要多拿點。」

林滿趕緊細細記下他們要的菜，小炒館要的多數都是些便宜應季菜，畢竟光顧的都是平民百姓，稀罕菜價格高昂，吃的人不多，主要是慕名而來的有錢人才會點，但真正有錢的又嫌他們店小、規模不夠，來的次數也不多。

趁著記菜這空檔，她跟小虎牙聊了兩句，問他們可有把店面擴大的想法，小虎牙說他爹娘也琢磨這事來著，只是生意好也就是這段時間的事情，擴大店面又要一筆銀子，先緩一緩再說。

林滿也跟他說了這幾日菜量不太夠，等下下個當集日才能供應充足，這是沒辦法的事，小虎牙得了信就趕緊找他爹說去了，讓他有個準備。

忙活完這邊，林滿便去找景福卿，今天她和景大娘自告奮勇去大酒樓試試賣些不當季的蔬菜，也不知道如何了。

找了一圈，在集上出名的天香樓前看見母女兩人，她們面前有個黑鬚中年男人，只見他們都滿臉帶笑，應該是談得很愉快。

景大娘母女兩人和天香樓的郝掌櫃說完話，一回身就看見不遠處的滿娘，便趕緊向郝掌櫃告辭，與滿娘會合。

林滿問她們是在和誰說話，景大娘就說了她們賣菜的事。

剛才那中年男人是天香樓的郝掌櫃，來福小炒館和秦包子鋪的生意好起來的時候他就注意到了，又去吃了幾次確定是菜不一樣，所以生意才這麼好。

說來也是巧，他還在找他們菜是哪兒買的呢，景大娘她們就把菜揹到他那兒了，郝掌櫃一看背簍裡都是不應季的菜，來福小炒館就有這幾樣。

然後郝掌櫃又跟她們聊了聊，知道是她們給包子鋪和炒館供的菜，於是這次她們帶的菜一下就賣出去了，郝掌櫃還客氣地將人親自送到門口，也訂了下次的菜。

「那福娘可有說這幾天我們菜供不應求的事？」

「放心吧，這麼大的事我能不說？郝掌櫃還沒買過我們的菜倒是不著急，這次收的剛好就賣個鮮先吸引些客人。」

林滿笑道：「不愧是做生意的人，一看別人生意好就知道找方法了。天香樓本來就是家底兒好的人去的，把胃口吊足了，讓他們老想著，等有了還不去吃個夠本？」

景福卿也跟著笑了幾句，說自己就沒那頭腦。

景大娘是第一次跟著來賣這些菜，本以為要費些時候，卻不想這樣好賣，背簍裡那幾樣菜就得了一兩多銀子，現在渾身都是幹勁。

回去後景大娘就把家裡的種子全都翻了出來，一樣一樣包好拿給自家閨女，景福卿轉頭就給林滿送去了，剛好林滿也要找她商量開墾荒地的事。

「犁頭、犁耙鐵匠明天才送過來，我們先去種些生長快的菜，把包子鋪和小炒館需要的種出來。」

景福卿沒說什麼，只是點點頭，雙兒正好睡著了，兩人正好把地裡的活兒忙了。

目前已經有三家訂她們的菜，以後會更多，景福卿問林滿，種子是自留還是以後去買？

林滿想了想道：「自留吧，我們的地菜長得快，長得慢的也隔幾天就要種一次，白菜這些天天種，去買不划算，看著花不了多少錢，但是天天買一個月下來可是不小的一筆。」

景福卿本來是想省點事，聽了就在心中默默算了一筆，就現在她倆的經濟狀況來看確實是不少，想著等以後錢多了，不心疼那點錢的時候再說。

兩人從空間出來的時候天都快黑了，景福卿趕著回家，雙兒說不定都餓哭了。

林滿手裡拿著兩顆新鮮現摘的白菜，這是先前給自己留著的，這幾天種的菜全部都拿去賣了，自家倒沒吃兩口，好不容易掙了點錢，結果又買地了，還欠了一大筆債。

林滿不禁感嘆，無論什麼時候賺錢都不是容易事啊。

平平最近天天跟著進空間，林滿也不怕她說出去，一是平平內斂話少，二是空間和荒地環境差不多，小孩子還察覺不出什麼，等大一點的時候應該也習慣這樣的情況，見怪不怪更不會說出去。

林滿晚上把白菜炒了半顆用來煮麵吃，前幾天趕集買了點麵，她想著給平平做碗拉麵吃，這孩子近來跟著忙，也沒吃著什麼好吃的。

她多做了點拉麵，除了自己吃的，剩下的用笸箕裝好，然後抱著白菜，帶著平平去周氏家串門子。

周氏在家剛燒好火，馮大山最近在集上接了個體力活，回來得晚，周氏晚飯也都做得晚，不然這個時間都已經吃完準備歇下了。

林滿母女倆見大門沒關便直接進去，喚了人。

周氏從廚房出來看見兩人很是稀奇，問怎麼這個時候過來了？

林滿便把拉麵和白菜遞過去，說道：「嫂子應該也知道我和福娘買了荒地的事吧？我想問問大山兄集上的活兒完事了嗎？想請他幫忙開墾呢，十畝地說大不大、說小卻也不小，況且荒廢了那麼久開墾也麻煩得很，妳明天能和大山兄一起來幫忙嗎？就按村裡幫忙的價錢，一天十文，只包中餐。」

周氏接了林滿遞過來的東西，一邊看、一邊道：「先前他說今日完事，等他回來我再問問。」然後又問滿娘帶來的是什麼麵？

林滿解釋了是拉麵，口感好、有嚼勁，白菜也是荒地種的，讓周氏拿去嚐個鮮。

林滿聽景福卿提過，這個時代也是有拉麵的，只是常見於大城，像他們這種小縣小村是沒有的，不知道是不是嫌麻煩沒傳過來，總之也算個新鮮吃食，到時候看看能不能也換成銀子。

周氏沒客氣，笑咪咪地道了謝，本想又給林滿拿幾顆蛋算是禮尚往來，林滿死活不要，只說拿去給大山兄補補，地裡活費體力得很。

周氏見她執意不收便也不提了，想著等當家的回來就趕緊說說。滿娘知道自家當家的在鎮上還特意過來問一聲，不就是想把這賺錢的機會留給他們嗎？

再說景福卿那邊也跟娘親說了情況，她的錢都拿去買地了，只能從景大娘那兒再借點過來，不然開工費都沒錢了。

景大娘這幾天一下花出去十幾兩銀子，以前當官家太太的時候看不起這些，現在卻是心疼的，但這是女兒的事業，她這個當娘的不支持誰支持？

有了銀錢傍身，想嫁人就嫁人，不想嫁也能過日子把孩子養大，也不用看人眼色，就算有人在背後嚼舌根那又怎麼樣？銀子多了、日子好過了才是真！

第十二章

集上的鐵匠把犁頭、犁耙送來後，林滿就讓幫工先抬到地裡了，也提前跟武大叔說好了借牛車，不過這次是給了錢的。

景福卿還說等有了銀錢第一件事就是趕緊買頭牛，不然借來借去不方便，況且借一次、兩次還好，她們最近可沒少麻煩武大叔家。

林滿點點頭，說自己也是這麼打算的。

今天請的幫工都是村裡的熟人，大山兄、啞巴叔、武大叔、周氏和另一個姓唐的嬸子。

唐嬸子和啞巴叔是姻親，她兒子正是和繡兒訂親的邱飲文。

女人割草翻土，男人就先把地裡那些大樹小樹給處理了，樹根也要處理乾淨，不然會跟莊稼搶肥料。

景福卿抱著雙兒去地裡看情況，林滿沒去，她本來說在自家搭灶做飯，景大娘不讓，說分開吃還麻煩些，總歸就這一、兩天，午飯就在她家做了。

景大娘做自家幾口人的飯還成，人一多就不行，林滿乾脆留下來忙廚房裡的活。

今天的菜都是景大娘家裡的，空間裡的菜要麼都賣了、要麼還沒有長成，沒吃的。平平交給景賦生照看，林滿放心得很，就專注忙於廚房的活兒。

她今天又做了拉麵，今兒早上周氏跟她見了面就誇拉麵好吃，林滿就想著再做一次。

這次她準備做個涼拌拉麵，煮熟後用冷水沖涼，要涼得透透的，不然會黏在一塊兒。

其他吃食做得也豐盛，燒炒煮蒸樣樣都有。

一般農家拿錢請人包吃都不會做得太好，有油水就行；但林滿則否，她喜歡料理，反正上輩子也是做習慣了的，不覺得麻煩。

到了中午，地裡人都回來了，老遠就聞到了飯菜香，問景大娘做了什麼好吃的，景大娘就笑道：「我做啥呀？都是滿娘做的，我就幫個忙，滿娘的手藝好著呢，你們有口福了。」

來幫忙的人哪個不知道林滿？好吃懶做，又不是個善類，在背後都被人嚼爛了，誰都不願意和她打交道，沒事還惹一身腥。

本來都是這麼想的，但是自從林滿買了荒地，不少人的好奇心都被勾起來了，都跑去問長問短，這一接觸才發現，這沈家媳婦竟然變了，見誰都是笑嘻嘻的，懂事有理，哪還有以前苦大仇深、怨天尤人的樣子？那囂張跋扈勁也沒了。

真正是變了一個人！

現在聽說她會一手好菜，心裡倒沒多少奇怪了，有人還接了句玩笑話，不好吃可不幫忙了。

今天人多就分了兩桌，男人、女人各一桌，男人那桌還上了罈高粱酒，農家的男人做體力活都喜歡喝兩口，有勁，這一見高粱酒嘴都裂開了，直道景大娘會辦事。

景大娘以前沒請過人幫忙幹活，哪裡懂這些人情世故？正要開口說是滿娘準備的，那邊就被叫過去幫忙端菜了，她趕緊閉嘴，轉身進廚房了。

拉麵混著紅蘿蔔絲、竹筍絲和蘿蔔絲涼拌，顏色鮮豔又好看，桌上還有水煮魚、糯米蒸排骨、紅棗山藥燉雞湯、清炒大白菜，都是些家常菜，但林滿手藝好，樣樣都做得香，吃一口就開了胃，再配上高粱酒，說不出的好滋味。

姓唐的嬸子誇讚道：「滿娘這手藝可以去集上開館子了，那一定是沒空位的。」

林滿笑道：「唐嬸子喜歡就多吃點，我日後確實有這個打算呢，到時候嬸子來吃飯我算便宜點。」

周氏奇了，問道：「妳真要去開館子？那可不是件容易事，先不說本錢這個大問題，在集上找間好門面都是不容易的，門面不好沒客就只有虧損，雖說手藝好早晚都能出頭，但大多數人都熬不到那個時候，妳能行？」

林滿把自己開燒烤攤子的想法說了。「說是開館子其實也不是，我開的是燒烤攤子，就是把吃的拿來烤熟，再撒些秘製的佐料，過幾天我會烤一次，嫂子過來嚐嚐鮮。」

林滿倒不怕聽到的人把自己的想法學去，小村子沒見過燒烤這種料理，再說怎麼烤、掌握火候，以及調味料都是學問，如果真有人能學去是本事，她沒有怨言。

屋子裡的人都稀奇她的做法，都說等她燒烤的時候要來湊熱鬧，林滿都一一答應了。

景福卿是知道林滿要做這個的，但她覺得這是滿娘的財路，不能輕易說出去，連自己家人都沒說，所以這還是景大娘和景賦生第一次聽說。

景賦生抬頭看了林滿一眼，蒼白的嘴唇抿出一個弧度，輕聲道：「林娘子若是不介意，我倒是想打擾一番的。」

林滿看向景賦生，眼睛亮晶晶的。「景大哥你當然要來啦，每次來你家都是你照顧平平，你身子本就不好還這麼麻煩你，你不來我拖也要拖來的。」

景賦生忍不住發笑。「平平乖巧得很，不費事的。」

「平平很乖的……」

小小的聲音在林滿身旁響起，這還是小丫頭第一次主動參與對話，林滿有點小吃醋，輕輕捏她的小臉道：「妳個偏心的小傢伙，景叔叔才和妳玩了幾天妳就向著他了。」

平平鼓著臉不讓她捏，只是身子往她那兒靠了靠，撒了個嬌。

景大娘吃著飯，眼睛悄悄盯著這一切，吃著吃著就吃不下去，放下筷子不知道在想什麼。

這頓飯吃得暢快，特別是那涼拌三絲拉麵，這還是眾人第一次吃到，說改天來跟林滿學，林滿也不吝嗇，答應了。

下午出門幹活前，唐嬸子找林滿說了會兒話，明年她兒子結婚的時候，想讓她過來幫廚。

唐嬸子就一個兒子，自然想方方面面都辦得好些。

這個林滿倒不敢答應，畢竟蔬菜供應馬上就要走上正軌了，明年還不知道是什麼情況，只說有時間一定過去幫忙。

下午林滿不用忙廚房的事情，就跟著一起去地裡了。

農家人動作快，十畝地的野草雜樹已經除了大半，下午就能除完，明天再好好翻整一下，後天就能播上種子了。

荒地連著空間，倒省了提前鋪肥養土了。

林滿和眾人在地裡忙活，景家那邊景大娘剛剛收拾好廚房，等景福卿哄睡了雙兒和平平，就把她拉到屋裡說話，還小心翼翼地關上了門窗。

景福卿看她娘這陣仗，以為有什麼大事，一下不安起來。「娘這是做什麼？是出了什麼事？」

景大娘讓她小聲點，而後自己也壓低了聲音跟自家閨女道：「妳覺得滿娘如何？」

「滿娘？」景福卿滿腦子疑問。「您怎麼突然問這個？她好不好您又不是沒看見，勤快聰明又有耐心，您是不是聽了什麼閒言碎語？娘可別瞎聽瞎傳啊！」

景大娘擺擺手道：「妳想什麼呢？妳娘是那種人嗎？我是想說，妳覺得把滿娘說給妳哥如何？」

景福卿半天沒說話。

她覺得自己腦袋有點暈暈的。

半天她才反應過來，問道：「娘剛才說啥？我耳朵不好使。」

景大娘見自家閨女這樣，以為她是嫌棄滿娘二嫁剋夫的名聲，便打算好好說道說道。

「我知道滿娘的名聲是不大好，可那有什麼關係？先不說沈郎，那是個治不了的病秧子，滿娘嫁過來的時候他就不大好了。那第一個亡夫，據說是自己摔死的，自個兒不小心能算在滿娘身上？滿娘這是無緣無故被牽連，妳跟滿娘相處得久，難道覺得她是晦氣的人？」

景福卿聽出娘親以為自個兒嫌棄滿娘名聲呢，忙解釋道：「娘您想多了，我看滿娘沒那想法，再說我們家在小蒼村是不算差，可我哥什麼樣子我心裡也是有數的，不然能拖到現在不成家？」

這話說著好像有些嫌棄自家哥哥，她忙接道：「不是說哥不好，本來以他的條件挑個稱心的嫂子是容易的，可偏偏被那身病給拖累了，現在我又帶了個孩子回娘家，哪家姑娘不介意？滿娘自個兒就帶著孩子已經是不容易了，何必再選個我們這樣的人家？」

景大娘聽了心裡酸澀不已，她只是覺得兒子和滿娘說得來話，也招平平喜歡，和滿娘再組個家不正合適嗎？

現在閨女這麼一說才反應過來，確實是自己一頭熱了，滿娘確實本就艱難，自家兒子能帶給她什麼？一副病懨懨的身子？別說滿娘這種經事多的，就是個平常小姑娘，也想嫁個能擔得起家的。

「是當娘的沒出息……」

景福卿見娘親難受，握著她的手道：「再說強扭的瓜不甜，哥和滿娘都沒這想法呢，您也不要對他們說些什麼。而且這種事也不是絕對，我現在不是在和滿娘掙錢嗎？我多掙點，然後帶哥哥去大城裡找到好大夫，總能治好的，萬一那時候滿娘覺得行了呢？就算滿娘沒那意思，哥哥也總能找到好嫂子的。」

景大娘長嘆了一口氣，過了好久才道：「我是真的喜歡滿娘這孩子，自從我們從京中出來，妳哥哥心裡一直裝著事，我知道他是沒放下那些仇恨，他自從生病了笑過幾次？自從滿娘和平平來了，笑得都比以前多了。我知道他是沒那些男女心思，只是純粹覺得和她娘兒倆相處起來舒心，可我想啊，人過一輩子不就得找個舒心的嗎？錯過了就不好找了。」

景福卿完全理解娘的想法，但是老天爺哪有專門照顧你的道理？他們一家子都是苦命的，這麼多年娘一個人撐起了這個家，白髮生得早，她也嫁得不好，哥哥一身病成不了家，但能怨誰？怨誰都不如把自己日子過好實在。

至於京中的仇恨，哪那麼容易放下呢？但為了那些仇恨就不過日子了嗎？

景福卿低著頭，悶悶道：「滿娘是真的好，若真能成為我的嫂子，我是一千個、一萬個放心。」

而且哥哥身子傷得厲害，京裡那個女人是下了狠手的，就算不死，子嗣也艱難，平平那麼乖巧，也好教養。

景大娘自然也是考慮到這些，越想越覺得沒人比滿娘更適合自己兒子，心中的惋惜就更大。

最後她也只能在心底長嘆一聲。

第十三章

林滿自然不知道景大娘和景福卿對她的想法，她跟著在地裡忙活了兩日，總算將荒地開墾出來，黑褐色土壤終於重見天日。

給幫忙的人結了工錢，林滿、景福卿還有景大娘開始播種了。

村裡有人感到稀奇，這田地才開墾出來就播種，能種好莊稼？況且這本來是塊邪地，百年來都不長東西，現在說長就能長？

有人指了指林滿先前種的那畝地，說道：「那不就種出來了嗎？我看行的！」

又有人說說不定就只有那塊土地能種東西，林滿和景福卿把整塊荒地都買下來還是衝動了些。

外人怎麼說林滿管不著，十畝地就她們三人種還是要費些時候的。

林滿現在和景家算是不分你我，景賦生身體不好便在家看孩子，還好平平懂事而且能逗逗雙兒，景賦生不至於太辛苦，她們三人則出來忙地裡的活兒，這次豐收了就能好好掙一筆。

林滿和景福卿是最忙的，除了白天忙荒地，晚上還要回空間澆水，就忙了這麼幾天，兩人都瘦了一圈。

地裡菜長得快，來看稀奇的人越來越多，白天有人在倒不怕，就怕天黑了有人使壞。

林滿還在想這事，就看見景福卿懷裡抱著什麼過來了。

「滿娘，妳看我帶了什麼過來？」

林滿給景福卿開了籬笆門，仔細一看她懷裡竟然抱著一隻毛色烏黑的幼犬，長相雖然有點凶，但因為太小了看上去反而更可愛了。

「哪裡來的小狗？」

「是白嫂子家捉的，我哥說這幾天地裡來的人越來越多，怕有些人眼紅搞破壞，讓我去捉隻狗養著，以後帶來看地。」

「我正想著這事呢，還是景大哥想得周到。」

平時兩人說這話景福卿不會覺得有什麼，可前兩天娘親才和她說了滿娘和哥哥的事，現在聽這話就聽出點心有靈犀來，心裡的可惜越盛。

林滿家裡現在菜是夠吃，但是要多養一條狗還不行，家裡除了菜也沒有其他食物了，這次當集把菜賣了才能換些現銀。

她把情況給景福卿說了，景福卿能理解，說地也有她的分，她養著狗也行。

小狗胖嘟嘟的十分惹人喜愛，平平倒是很喜歡跟牠玩，直到景福卿抱走了都還戀戀不捨。

林滿看著她那模樣很惆悵，明明自己天天在忙，銀子也在賺，兜兜轉轉一圈下來身上一分錢都沒有，連條狗都養不起。

上輩子她跟著媽媽做生意，倒沒有愁過成本和資金周轉的問題，直到自己創業了才發現是這麼不容易。

越想心裡就越不愉快，乾脆帶平平去空間裡轉了轉，這一轉卻轉出來了新鮮東西——

空間那條河的小路旁，長出了一棵樹苗，差不多有半丈高。

這一發現令林滿興奮不已，跑過去仔細看了看，這樹長得很神奇，上面葉子種類繁多，看樣子應該是棵果樹，她認得出來的葉子就有柚子、橘子、櫻桃、梨子和李子，還有些不認識的品種。

林滿又看了一會兒，倒沒瞧出還有什麼不同，原先種的那一畝地的菜早就長好了，她乾脆自己收了，反正活也不算多，不用等福娘再來忙一場。

不知不覺又到了當集日前一日，提前一天送貨已經是她們和客戶間的默契了，這次林滿和景福卿大大方方地把菜揹去賣，碰到同村的人也不用解釋了。

來到市集上她們先去天香樓，郝掌櫃早就在門口等待，一見她們就道：「妳們總算來啦，上次的菜反應不錯，恰巧那時縣裡的李員外在這裡吃飯，十分中意我們家的菜，下個月他家大小姐要辦及笄禮，直接在我們這兒包了席面，李員外家財大、客人也多，我早就想找妳商量拿菜的事了，下次的菜可有多的？」

一來就有大生意，林滿笑成一朵花，忙道：「有的、有的，下次要多少菜我都能拿出來，郝掌櫃還得多多照顧我們生意呀！」

兩人互相客氣了一番，拿貨算錢結完帳，郝掌櫃本想把她背簍裡的都收了，但林滿早就答應了秦包子和小炒館，只能拒絕了。

郝掌櫃感到十分可惜，下次的菜乾脆就多訂了一些，反正林滿家的菜不怕放，不會虧本。

林滿收了錢，告知郝掌櫃如果多訂得交三成訂金，小本生意虧不起。

郝掌櫃沒多說，訂貨給訂金本就是常理，爽快地給了錢。

林滿收好錢，這次的菜錢加下次的訂金拿了三兩，兩人又把菜揹去另兩家，也和他們說好訂金的事，秦包子和小炒館要的菜也越來越多，他們是最早收林滿菜的人，這麼一段時間已經把客源鞏固得差不多了，只要不出大差錯，好生意能一直維持下去。

在市集上辦完事以後，林滿就去找鐵匠，她的燒烤架子已經做好了，付了尾款就把燒烤架綁在背簍上，還好不算特別重，林滿還揹得動。

林滿自己手上現在有五兩銀子，於是決定去牲畜區轉一圈，一頭牛差不多要十五兩銀子，她現在還負擔不起，景福卿本說和她一起買，林滿拒絕了，對她道：「以後一頭牛肯定是不夠的，之後還要再買，反正都要多買，我們還是各買各的，一是照顧起來方便，二是既然合伙做生意，還是要把帳算明白，不能攪和得太多了。」

親朋好友一起做生意最後鬧翻的事情還少嗎？就小蒼村都有這種事發生，村頭有家人分家的時候一塊地沒分明白，結果兄弟倆大打出手，差點鬧進官府，血脈相連的親兄弟最後老死不相往來，現在都還互看不順眼。

親兄弟還明算帳呢，景福卿也是明白這個道理的，就算是買地，她們兩個也是明明白白寫了地契的。

日子越來越入冬，這幾個晚上林滿都沒有睡好，實在是太冷了，她乾脆把手裡的錢拿去添置了些用品。

米、麵這些終於可以買一些來吃了，至於棉被、棉衣、棉褲，林滿不會做只能買現成的，炭火那些暫時還用不著，農家一般用烘籠烤火取暖，炭是稀罕東西，集上只有一家在賣，價格也高，林滿就打消了這個念頭。

她回頭想了下，日後如果燒烤生意做大了，還是得需要炭火，到時候再去鎮上看看有沒有便宜些的。

兩人一道回了家，林滿不著急試試燒烤架，而是先把買回來的棉被拿出來拍打拍打，再把床板上硬得跟鐵一樣的舊棉花騰出來，扔在一邊。

平平在一旁十分好奇，她還沒摸過這麼軟的被子，小手摸了一下迅速又縮了回去，小心翼翼看了林滿一眼，似乎有點害怕又忍不住好奇。

林滿把她抱過來，輕聲細語道：「平平害怕娘嗎？」

平平睜著一雙滴溜溜的眼睛，使勁地搖了搖小腦袋，搖完又覺得這樣好像不能表達自己對娘的喜愛之情，小身子又往林滿身上靠了靠。

林滿能感受到小丫頭滿滿的孺慕之情，和她抵著額頭一邊逗她玩，一邊問道：「那平平晚上要不要和娘一起睡？我們睡暖暖軟軟的床，娘還會講故事哦。」

平平沒聽過故事，也不知道故事是什麼，她的小腦瓜裡面只有那暖暖軟軟的床。最近晚上好冷呀，冷得她都睡不著，又不敢哭，而且現在的娘很溫柔，再也沒打過她了……

沒有猶豫的，平平的小腦瓜點了點，算是同意了。

林滿對她笑了笑，而後去收拾平平的床，平平的床也是木板搭成的，甚至比林滿的更糟糕，床上連張破毯子都沒有，只有稻草鋪得厚實一些，小被子也是破舊衣服拼成的，這個天氣沒把孩子凍病了已經是個奇蹟。

林滿動作快，把平平床上能收拾的都收拾了，將兩張床的稻草合在一起重新均勻鋪好，又把原先破爛的床單鋪在稻草上防止沾灰，最後再鋪上厚實的棉花和新毯子。

鋪好後整個床看上去就暖和得很，林滿把平平收拾乾淨，就把她抱上去和她玩。

然而新床實在太舒服了，平平雖然精神很興奮，但沒多久還是睏了，軟軟的床還有暖和的棉被，這一覺別提有多香甜了。

林滿見她睡熟了，這才開始打理燒烤架，將它洗刷乾淨了，而後又去廚房將瓦罐裡的火石子掏了出來。

火石子是木柴燒成灰燼前留下的產物，農村裡面煮飯燒水都用木柴，一些沒有燒成灰的就放進瓦罐隔絕空氣儲存好，這火石子跟炭差不多，而且燒起來也沒煙，只是沒炭耐燒罷了。

林滿又準備了些蔬菜和今天在集上割的肉，把前段時間買的調味料也備齊，決定晚上請景大娘一家和周氏兩口子過來吃個新鮮。

周氏的家離得近，林滿便直接過去打了一聲招呼，周氏正在家補衣服，聽林滿說她今晚要請客吃燒烤，心中確實好奇不已，一口應下了晚上一定和當家的過來。

至於景大娘一家，到時候等平平醒了再過去喊了。

今天平平睡得格外久，林滿進去看了幾次都沒有醒來，眼看時候也不算早了，無奈只能將她喊醒。

小丫頭被吵醒也不哭不鬧，只是垂著眼睛十分沒有精神，林滿簡單給她收拾了下便抱著她出門了。

景家不知道已經去過多少次了，林滿閉著眼睛都能找過去。

到了景家也不用叫門，直接打開籬笆門就進去了，平平來景家總算清醒了，從林滿身上掙扎著滑下來，邁著小短腿就往東屋跑去，一邊跑還一邊唸叨道：「景叔叔，景叔叔，我來了！」

林滿一時無語。

她是不是養了個白眼狼？

她自從來了小蒼村就沒有聽過平平叫她幾聲娘，這一聲聲的景叔叔倒是喊得順溜，令她不禁有點吃味。

林滿在院裡喊了幾聲景大娘卻沒人應，好像不在家。

「林娘子。」一東屋傳來景賦生如溪流般清澈的聲音，他似乎總是這麼溫潤，就算病痛纏身也不改溫和。

林滿還沒應聲，就聽到他繼續道：「娘和福娘去地裡收菜了，不在家。」

林滿愣了下，沒想到景大娘母女倆這麼積極，不告訴她怕是擔心她太勞累？

景賦生接下來的話證實了她腦中所想，只聽他道：「娘說妳最近太過辛苦了，賣菜的生意一直是妳在操持，想讓妳歇一歇。」

林滿心中感動，無奈道：「福娘也跟著一起忙活呢，又不是只有我一個人，何必這麼客氣。」

景賦生躺在東屋的床上，將書本換到左手，空出的右手和平平玩著手指遊戲，思緒卻有點飄。

林滿明明和他隔著屋子說話，但他卻能想像得出來她此刻生動的表情，一定是嘴角掛著無奈的笑，眉眼充滿著感激之情。

林滿的名聲他是聽過的，他不知道她經歷了什麼才會突然轉變這麼多，她第一次來景家的時候，明明是他們家答謝她對福娘的救命之恩，但她卻對娘抱著感激之情，是因為沈郎去世時的斗米之恩嗎？她可真是容易記著別人好的女子呀。

只是這樣的人，往往吃虧的更多，也更容易被別人在背後捅刀子……

他略微調整了下姿勢，抬眼看向北方，那是帝京坐落的方向，琉璃眼染上了一抹灰，似乎想起了什麼。

「景叔叔，妹妹呢？」

景賦生的思緒被拉回來，低低笑著對平平說：「妹妹出去玩了，平平晚點和她玩好不好？」

沒見到妹妹，小丫頭有點小失望，景賦生拍拍她的小腦袋算是安慰。

林滿聽著一大一小的對話，景家沒人，她一個寡婦待在這裡說出去也不好聽，便喚了平平出來，準備去地裡找景大娘。

景賦生沒留小丫頭，他嘴角雖然掛著笑卻有些勉強，躺著的身子微微蜷縮，左手已經將書捏出了抓痕，牙槽也咬得緊緊的，似乎在忍受著什麼，只是怕嚇到面前的小娃娃而極力強忍著。

若是景大娘在這兒，怕是要嚇到六神無主了。

但平平是個小孩子，不會注意到大人的異常，只是對景叔叔沒跟自己道別有點小小介懷，以往她走的時候景叔叔都會說再見的。

林滿拉著從屋裡出來的平平，朝著東屋道：「景大哥，我們去田裡找景大娘，待會兒回來接你去我家吃好吃的。」

等了半天，卻不見東屋裡有回應。

其實景賦生聽見了，但是他說不出話。過去那個女人給他下的毒，距上次發作時隔了兩年，如今又復發了。

本就消瘦的身子猛地蜷縮成一團，手指不受控制彎成爪狀，四肢百骸逐漸痲痺，脖子也用力向後彎，皮膚隨著疼痛呈現不正常的灰白，豆大的汗珠從髮間順著顴骨流至下巴，肚子到喉間一路如火燒，他大張著嘴拚命呼吸，如誤上岸的魚。

視線時而模糊、時而清晰，思緒偶爾還會回到那女人逼迫他們母子三人的時候，那張絕美豔麗的容顏上滿是得意與猖狂——

「生哥兒，你年紀輕輕就占得京城才子頭名實屬了不得，只是可惜呀，從此以後京城再無景賦生！你若命好，這藥一次發作倒可以讓你少受些折磨，倘若命不好，便慢慢受著吧，活多久、受多久，直到五臟六腑俱爛，消失成灰！」而後她掩唇而笑，十分好心地提醒他。「你也不用擔心遺傳給子嗣，因為你……沒有機會了。」

那個女人，母親如此信任她，最後卻奪了母親的嫡妻之位，她的兒子也代替他變成了嫡長子，她還將他們母子三人幽禁於高塔，若不是母親想方設法帶他們逃了出來，怕是早已「病」死在那兒了吧。

呵呵……

恨意如邪火般從胸腔升起，占據他所有的思緒，若有命……若還有命，他定是要將失去的東西，一一討回來的！

口中突然傳來一股腥甜混著苦味，一絲黑血順著嘴角流下來，滴在床單上，景賦生垂眸看著，雙眼不復清明，只剩一團黑灰。

只是怕，他沒有命了……

第十四章

林滿抱著平平走出景家沒多遠，總覺得不對勁。

景賦生不是那種打了招呼不回的人，他一直待人溫和有禮，剛才她等了一會兒都沒聽見任何響聲，本以為景賦生是累了、休息了，但總覺得怪怪的，這人得有多累才能秒睡？

「平平，妳走的時候景叔叔睡覺覺沒？」

平平的小腦袋搖得跟撥浪鼓似的，林滿心裡一驚，轉頭就回去了，景賦生身體本來就不好，別出什麼事了吧？

林滿快速回到景家，也顧不得孤男寡女共處一室了，逕自去了東屋，一進去就被眼前景象嚇了一跳。

「景大哥！」

景賦生的聽覺也不大好了，麻痺感已席捲全身，只有腹痛和灼燒折磨著他，隱隱約約聽見有人喊也分不清是真是假。

景賦生就像被人強行掰扯成詭異的形狀，頭髮早已被汗水打濕，嘴角的黑血一滴一滴地墜落，宛如世界末日裡的喪屍。

這種情形超出了她的常識認知，說不害怕是假的，過去看的喪屍電影刺激著她，總覺得他下一刻就會爬起來朝她咬一口。

林滿試著靠近景賦生，手剛一碰到他的胳膊就被他箝制住，嚇得她差點尖叫出聲，她好不容易穩住自己，但聲音還是抖得厲害。「景、景、景、景、景大哥，我、我、我、我是林滿啊……」

景賦生當然知道她是林滿，他想說，被嚇到了吧？不要害怕，他不是怪物。

但是他說不了話，灰敗的眼神深處有著絕望。

林滿冷靜下來，猜測景賦生是不是犯了病，試探地問道：「景大哥，你的藥呢？」

但話剛落下，就看見景賦生突然劇烈掙扎起來，頭不要命地往床上撞，林滿什麼也顧不得了，急忙撲上去抱住他，將他努力圈在懷中阻止他自殘，景賦生太瘦了，一碰就知道沒幾兩肉，尖銳的肩膀撞得她胸口疼。

景賦生意識還算清醒，屬於女性的柔軟和馨香包裹著他，他努力控制住不聽使喚的身子，至少此刻他還不想嚇著眼前的母女倆。

林滿明白情況危急，什麼也顧不得，乾脆死馬當活馬醫，帶著景賦生連同平平，身子一晃，進了空間。

今天空間有些不同，竟然起了些霧，林滿還是第一次碰到。

她抬眼望向女神廟，那裡又如初見時雲霧繚繞，看不清神像尊容。

林滿心裡有些不安，但她現在沒空管這麼多了。

景賦生來了空間後安靜許多，林滿小心地將他放在田埂上，讓平平看著景叔叔，自己跑去河邊用破木桶打了些水回來，又快速出空間去廚房拿了碗回來舀水給他喝。

但景賦生全身都麻痺了，喝水實在困難，灌進口裡都流了出來，林滿急得不行，給他按摩了臉部和嘴角，按摩一會兒就餵點水下去，喝不了就再按摩，如此循環，直到手都痠了總算餵了點進去。

等了一會兒見他膚色漸漸恢復正常，心下慢慢鬆了口氣。

她小心問道：「景大哥，你現在好些了嗎？」

景賦生身上的痛感已經消散不少，總算不用撐得那麼辛苦，他朝林滿眨了眨眼，算是肯定的回答。

林滿的心徹底放下來，額頭和後背的冷汗後知後覺冒了出來，她跪坐在景賦生身旁，心有餘悸道：「你真的嚇死我了，還以為你就要一命嗚呼了！」

景賦生知道自己身上的中毒發作起來是很可怕的，猶記第一次毒發時，福娘不過剛滿十歲，被嚇得幾天不和他說話，林滿今天的表現已經算十分鎮定，他又眨了眨眼，讓林滿羨慕無比的長睫毛一搧一搧的，這是在對她表示歉意。

明明一句話也沒有，林滿卻和他心有靈犀一般，竟然都懂了。「你現在還沒有全好，先在這裡休息吧，萬一有個什麼情況也好處理。」

景賦生此刻雖然對這個地方有諸多疑惑與好奇，但他也知道定是林滿不能輕易讓外人知道的地方，她將自己帶來治病已經是仁至義盡了。

他不再多想，腹痛和灼燒感已經減輕許多，他閉上眼睛準備小憩，但田埂土塊多令他躺得頭疼不舒服，敏感的神經有些焦躁，好不容易消下去的灼燒感隱隱約約有復發的跡象，這讓他不禁皺了眉。

正在難受之際，頭突然被一雙手溫柔地抬起來，林滿在田埂坐好，將景賦生的頭小心放在自己腿上，以腿做枕，她不好意思道：「這裡睡著確實難受，景大哥你不介意就將就一下吧。」

林滿身子也算消瘦，和舒適的枕頭自然是沒有半點可比，可枕在上面卻莫名心安。

景賦生長睫顫了顫，消瘦的臉頰微微帶了些桃粉，面龐也露出歉意的神情，可怖的雙眼漸漸恢復了顏色，他似乎不敢直視林滿的眼睛，垂著眼簾緩緩眨了幾下，表示了謝意。

林滿不再開口，害怕打擾景賦生休息，也讓平平乖乖的在一旁不吵也不要鬧。

空間氣溫適宜，隨時都是舒適的狀態，景賦生焦躁的神情跟著靜了下來，思緒也變得平穩，可以讓他思考更多東西。

他隨著母親逃來小蒼村的時候還沒有這麼虛弱，只是這幾年發了三次病，身體也一次比一次差，到最後只能躺臥，偶爾連基本生活都無法自理，這讓他十分懊惱卻又無可奈何。

藥沒少吃，但似乎只是讓毒素蔓延得慢一點，依舊不能阻止時不時的毒發，輕的時候頂多疼一天，忍忍還是能過去的，這種嚴重的情況今天便是第四次了，一次比一次凶險。他明白治好是無望的，但像這次如此快速遏制住毒發還是第一次，他不禁開始猜想這是什麼神奇的地方？

他聯想起最近自家妹妹和林娘子的行事，他猜測這裡和那塊荒地是有聯繫的，可惜他常年臥病在床很少出門，連村子都沒有轉完過，也不能知道那荒地是什麼模樣。

景賦生剛剛經歷了一場病痛的折磨，整個人還處於虛弱狀態，這麼一多想便有些累，睏意倒是真的來了，慢慢睡著了。

枕在腿上的人傳來平穩的呼吸，林滿緊繃著身子一動也不敢動，她以前聽福娘說過，景賦生自從吃了那奇怪的毒藥後，精神便一直不大好，晚上時不時會失眠，身子更是一天不如一天。

林滿不知道景賦生有多久沒有睡好過，至少現在他睡得香甜，她是不想打擾的，不能好好睡一個滿足覺，那難受的滋味誰都知道。

此刻有些無聊，她便低下頭觀察睡著的景賦生，這人長得好看，眉眼像景大娘多一些，鼻梁和嘴唇應該是像他父親吧。她猜想著景賦生的父親應當是英俊不凡的男子，所以福娘和景賦生的容貌都算得上上乘的。

只可惜景賦生被病魔折騰得慘了，臉頰一點肉也沒有，顯得顴骨特別高，精神也病懨懨的減分不少，若是好起來，定能驚豔方圓十里。

這兄妹倆若是還在京城長大，眼界和吃穿用度都不是小蒼村能比的，景大娘的丈夫可有後悔過拋棄了這母子三人？

林滿胡亂想著，還自動腦補了各種宅鬥大戲，沒個消停，連枕在腿上的人醒了都沒有發現。

景賦生沒睡多久，約莫只有半刻鐘，養夠了精神便醒了，畢竟下意識裡對不熟悉的地方抱有警惕心。

一睜眼便能看見林滿目光渙散地發著呆，雙臂如抱孩童一般圈著他的身子，似乎是怕他不注意從田埂上滾落。從他的角度往上看，林滿的容顏還是很耐看的，就這個死亡角度也沒能擊敗她，反而更顯臉小精緻。

景賦生看得有點入神，直到林滿無意識眨了下眼，他的思緒瞬間被拉回，莫名有種偷窺的負罪感。

「林娘子。」

林滿腦中的大戲已經進展到景賦生身披鎧甲殺回京城，把那群仇人殺得慘叫直哭，解氣不已。景賦生突然來的這一聲不僅把她飄遠的思緒拉了回來，她還嚇了一跳，身子忍不住抖了一下。

她循聲看去見景賦生已經醒了，一雙星眼盯著她，林滿莫名生出一股羞恥感，只覺得方才自己太過中二，腦補中的當事人這麼看著自己，縱使她臉皮厚如城牆也忍不住紅了起來。

但轉念一想，景賦生又沒有讀心術，想什麼他能知道？心緒好歹穩住了。

她強作鎮定地開口道：「景大哥叫我滿娘吧，景大娘和福娘都這麼喚我，你也不用太過客氣。」

「滿娘。」景賦生細細地唸了她的名字，眉眼彎彎，看著她緋紅的臉忍不住有了捉弄的心思。「妳可是有不舒服？我看妳臉色不太好的樣子。」

林滿汗顏，她總不能說，對不起，你剛才是我腦袋裡面的中二男主角，我正幻想你開了殺戒，正大殺特殺呢！

她趕忙轉移話題。「景大哥，你好了吧？那我們出去吧，待會兒景大娘她們回來了見不著你肯定會著急的。」

景賦生倒沒真準備讓林滿說出個一二三來，聽她這麼說便順著應了下來，讓林滿幫忙先把他扶起來。

林滿小心地扶起了他，問他感覺怎麼樣？身子還有哪裡不舒服？

景賦生點點頭道：「好多了，以往發病時沒有哪次如這次般恢復的快，十分感謝滿娘。」他說的是實話，現在他通體舒暢，也不知道滿娘給他餵的是什麼東西如此神奇。

他一邊答著，一邊將四周打量了一番，入眼的是普通的農田，種滿了各式各樣的蔬菜，挨著一條河，河對面是繚繞的雲霧，那後面似乎有什麼佇立著，但是霧太大看不清楚。

景賦生看著眼前的場景細細思考了一番，神奇的菜地，各種不當季的蔬菜，這應該就是福娘提過的種菜的地方吧？當時她倆買了荒地說是在那兒種的，他還疑惑過荒廢百年的土地為何突然就能用了，現在才明白原來是別有洞天。

他沈默不開口，這個地方是福也是禍，若是世人知曉了只怕有一場動亂，林滿更是會身陷險境，但她卻願意以身試險如此救他，這樣的女子不知道該說是心善，還是太過單純。

自從景賦生醒了，林滿就知道這裡的神奇之處瞞不過他了，她小心翼翼地看了他一眼，而後開口道：「景大哥，你別說出去呀。」

景賦生側頭一笑，逗弄她。「如果我說出去會怎麼樣？」

林滿滿臉認真地看著他，沒有一絲一毫的玩笑樣。「對不起，那你只能永遠留在這兒了。」

景賦生微微驚訝，鑒於之前與林滿的相處，他以為她過分心慈手軟，輕易對別人抱有感激之心，犧牲自己、成全他人，但現在才發現她並非同情心氾濫之人，是他錯了。

他臉上又染上了歉意。「是我過分了，給滿娘賠不是。」

林滿不安的心慢慢歸於平靜，她當然知道景賦生說的是玩笑話，但是還不可以讓太多人知道空間，她還沒有十足的把握能掌控這裡。

景賦生道了歉，知道是自己唐突了，惹了人家不快自然是要好好賠禮的，又對著她說了幾句軟話，林滿心裡那點不高興散了不少，吶吶道：「景大哥，下次別開這種玩笑了。」

兩大一小在空間裡待了一段時間，出去後天色已經快黑了，太陽只剩下最後一絲光輝還掛在天際。

第十五章

林滿剛帶著景賦生和平平回到景家東屋，就聽到外面傳來景大娘和福娘的聲音，兩人在地裡忙活了大半天，才趕在最後一抹餘亮回來。

剛一進家門，福娘就感覺家裡似乎來了人，平常家裡的籬笆門都是關好的，能這麼隨意來的也想不出第二個了，她試著喊了一聲——「滿娘？」

林滿剛安頓好景賦生，聽見喊聲就趕忙出來了，和景大娘母女倆打完招呼就道：「本來是找你們去家裡吃燒烤的，不過一來就碰到景大哥犯病了，剛剛才安頓好。」

景大娘母女倆一聽景賦生病發，臉色當場蒼白不已，福娘眼淚都要掉下來了，兩人農具都來不及放下就跑進東屋，一顆狂跳的心在看見景賦生安然無事後才穩住了。

景賦生也知道自己把娘親、妹妹嚇到了，忙開口跟她們說了一會兒話，因為只有福娘知道那神奇的地方便不敢說得太明白，只對自家娘說還好有林滿在旁邊照顧才得以脫險。

景大娘心有餘悸掉了淚，差點撲通一聲給林滿跪下了，還好林滿反應快阻止了她。

景大娘一邊抹著淚、一邊感激道：「滿娘真是個福氣的孩子，我們母子三人要不是遇到妳，還不知道現在是個什麼情況，福娘和生哥兒要是有個什麼三長兩短，那我活著也沒意思了……」

林滿趕忙安慰道：「景大娘，您何必這麼客氣，我有困難的時候，您不也幫過我？都是鄰居，有事互相幫個忙是應該的，何況我們兩家本來就比別家走得近，我忙的時候，平平也是你們在幫忙看，帶孩子可不比做活兒輕鬆。」

自家幫了林滿多少，景大娘心裡是有數的，跟林滿幫忙的比起來，簡直不值得一提，但她見林滿都這麼說了，顯然是想讓自己心裡舒服一點，越想越覺得滿娘這孩子好，二嫁守寡又怎麼樣？那也抵不住她的貼心！

有些話景大娘在嘴裡過了一圈又一圈，到底還是忍下去沒有提出來，就像福娘說的，強摘的瓜不甜，有些事得慢慢來。

經過景賦生這麼一犯病，景大娘和景福卿也沒了心思去吃燒烤，想在家裡陪景賦生，害怕他又出事。

還是景賦生勸了兩人。「我這次沒什麼大礙，福娘惦念燒烤有一陣子了，在我面前也唸叨了幾回，再說我也是好奇得很，很想去嚐嚐滿娘的燒烤吃起來是什麼味道。」

景大娘本來還想再勸勸他的身子，腦袋裡面突然靈光一閃，兒子很少主動提要外出，何況又是去滿娘家，這不正好給兩人多相處嗎？

於是勸說的話全數吞進了肚子，景大娘對林滿說他們一家子收拾一下就過去，讓她帶著平平先回家。

景賦生犯了一場病，身上出了不少汗又沾了污血，要擦洗換衣服，林滿自然不好繼續待下去，正好順著景大娘的話回去準備燒烤。

林滿剛回到屋裡，周氏和馮大山就過來了，兩人還帶來了一小罈高粱酒和一小罈果酒。

農家高粱酒不稀奇，許多人都會在家裡準備幾罈，免得客人上門失了禮數，果酒就很少見了。周氏臉紅著解釋說，她不過在當家的面前提了一下不知道果酒好不好喝，沒承想他就買回來了。這話閃得林滿眼睛差點睜不開，心中羨慕周氏好福氣。

她讓兩口子幫忙照看平平，她把燒烤的材料一應布置好，將火石子倒進燒烤爐，點燃後架好鐵架子，在鐵架子上刷好食油，便準備開烤了。

周氏兩口子抱著平平過來瞧瞧，只見林滿熟練地把串好的肉串、蔬菜分類擺好開烤，掌握火候翻面，隨著各種調味料一撒，獨特的香味便往鼻孔鑽，勾得肚子裡的饞蟲全都醒了，口水也忍不住分泌。

特別是那肉的油花四溢，油水滴進火裡噼啪一聲，他們跟著腦補了足足的肉味。

「滿娘，我口水都要流出來了！」周氏眼睛亮晶晶的，光聞著味道就忍不住想吃一口，這食物往那一架一烤，還怕客人不上門？民以食為天，再遠的地方聞著香味也能找來！滿娘這東西肯定能賣得好！

馮大山也點點頭，難得開口說話。「是門好手藝。」

好話人人都喜歡聽，林滿也不能免俗，此刻心裡美滋滋的，只可惜還沒美完呢，突然吹來一陣風，燒烤的煙一股腦兒地糊她臉上，掌廚的大師傅便被自家的煙打敗了，嗆了一嘴。

周氏哎呀一聲，趕忙到處找扇子，但沈家一窮二白，連扇子都捨不得多買一把，唯一一把被林滿用來搧火了。林滿上輩子做燒烤都有抽油煙機伺候，油煙這點倒沒有考慮周全，周氏便打發馮大山趕緊去家裡拿一把來。

馮大山動作快，沒多少工夫就拿了把大蒲扇在旁邊散煙，恰好景大娘一家子也來了，還沒進院就聞到香味，幾人都來了興致。

「怎麼這麼大的煙？」景大娘和景福卿扶著景賦生走過來，周氏忙端了張靠背大椅子過來給景賦生坐下，而後又解釋了這煙怎麼來的。

林滿看著煙嘆了口氣道：「這烤得不多還好，烤多了煙太濃了，客人還沒上門呢就被嗆跑了。」

她一邊說著，一邊還不忘招呼景家三人，手裡空了便立馬去廚房裡拿出提前準備好的烘籠，還不忘對景賦生道：「我給你烤了點不辣的，你最近還是少吃口味重的，廚房鍋裡乾飯、稀飯都有，待會兒你先吃稀飯墊墊胃。」

林滿上輩子沒少照顧人，嫂子坐月子是她照顧的，母親大人生病也是她伺候的，小姪子一歲前也沒少帶，來了這裡又有個小不點平平，照顧人算是得心應手又有點職業病了，看見景賦生這種弱不禁風的就受不了，忍不住叨唸。

「好。」景賦生應得心安理得，接過林滿遞過來的烘籠，冰冷的手總算找回點溫度，而後他招呼平平過來，將她攬在懷裡和她一起烤手。

兩個當事人不覺得有什麼，但外人看在眼裡就多出了點說不明白的味道了。

周氏不是個多嘴多事的人，平平去了景賦生那兒後，她就在旁邊幫林滿的忙，目睹了這一幕也忍不住多看了兩人一眼。

景賦生算是個不錯的小伙子，小蒼村窮，識字的村裡本就不多，年輕人中除了武喬文和另一個秀才，就只有景家兄妹了。這個世道讀書人尊貴，景賦生要不是那個病身子拖著，論模樣、家底兒和才學，早就被村裡姑娘給盯上了，怎麼可能留到現在？滿娘似乎也是認得幾個字的，人又能幹，她倒是覺得和景賦生相配。

只是可惜呀，景家小子身子不行，滿娘嫁過去若又守了寡，那這輩子真正就毀了。

周氏心中惋惜，林滿和景家小子越看越登對。若是景大娘知道她的想法，只怕當場便和她認姊妹了。

話說景大娘見著這一幕是又心痛、又開心，痛的是滿娘到底不是自家兒媳，開心的是自家兒子難得遇到這麼合適的人，她只能求老天爺開開眼，讓她兒身子早日好起來。

冬夜本就冷，燒烤做好了就端到院中方桌上讓客人先吃，不然涼了美味就大打折扣了，林滿在旁邊繼續烤，才有新鮮的熱食。而且燒烤的缺點就是量少，好不容易烤完一波，廚子還吃不了呢就得烤下一波，不過林滿倒是有主意，客人在桌上吃，她自己就邊烤邊吃，福娘還笑話了一番，還好林滿臉皮厚，吃得臉不紅、氣不喘。

燒烤一上桌大家就分吃起來，林滿將調味料買回來後還調了一番，又煎製了香辣油，各種麻辣五香味融入空間種出來的菜裡，一入嘴對味蕾就是一陣刺激，口水、眼淚齊飛，直讓人叫絕。

特別是那醃好的五花肉烤出來更是外脆裡嫩，油而不膩，配上小酒，那滋味說是天上人間也不為過！

林滿邊烤邊回頭看他們吃得開心，見眾人表情就知道這燒烤有多成功了，她特意看了景賦生一眼，他的表情就沒眾人精彩了。

景賦生的食物味道和其他人比起來，可說是十分清淡了，林滿除了加了點鹽就什麼也沒加，他雖然吃慣了清淡食物，但此刻看著一桌人的表情就覺得嘴裡淡極了。

他抬頭看了燒烤架前的林滿一眼，此時見她正望著自己，四目相對，林滿還俏皮地眨了眨眼，雙眼亮晶晶的，咧開嘴笑出一個弧度，但景賦生怎麼看都覺得像是……在挑釁他。

看著面前的食物，景賦生再是傻子也明白了，這人還記著他在空間裡逗弄她的仇呢。

他哭笑不得，惹誰都別惹女人，特別是會做飯的女人，讓你分分鐘知道什麼叫胃口在哭泣。

景賦生朝林滿無奈地笑了笑，眉眼都是包容，一副任由她胡作非為的樣子。

林滿反倒不好意思起來，轉過身子將新烤好的食物盛在盤中，思索著自己是不是太小心眼了。但轉頭給桌上的人端菜時，卻看見那人伸手拿了重口味的燒烤，還朝她回了個一模一樣的微笑，林滿心裡那點愧疚頓時煙消雲散，至於她剛才看見的包容？

不存在的，都是假的。

男人能作數，母豬都上樹！

她三步併成兩步走到桌前一把抓住景賦生拿菜的手，狀似關心地責備道：「景大哥你身子不好吃不得這個呀！今天才犯了病怎麼能這麼任性呢？」而後把那清淡的食物往他面前又推了推。「吃這個，這個才是你吃的。」

「對對，滿娘說得對，你聽滿娘的。」景大娘趕忙把兒子手裡的辣味燒烤奪下來，心裡更覺得滿娘就是自家兒媳的不二人選。

娘親的面子還是要給的，景賦生見林滿那誇張的表情心中忍不住好笑，捧著清淡的食物吃起來。

但味道到底美不美，只有當事人曉得了。

林滿烤完三波才餵飽了眾人的肚子，最後一波烤完了，她才上桌子和大家一起吃。不知是有意無意，景賦生右邊坐著景大娘，林滿要上桌的時候，景大娘下意識地讓了讓，而坐在景賦生左邊的馮大山，也被周氏扯著讓了些位置，於是林滿端好菜後，就只剩景賦生左右的位置可選了。

林滿沒看見景大娘和周氏的動作，但景賦生能看不見？自家娘什麼意圖瞬間就明白了，他這下是真的無奈了，但這兒不是說話的地方，只能回到家再好好跟娘親說道說道。

林滿倒沒想那麼多，就算邊烤邊吃也沒吃幾口，一番忙碌下來再加上香味的折磨她早就餓得前胸貼後背了，現在滿眼滿腦都是桌上的菜，哪有那麼多思緒想事情？她穿越有多久，就多久沒有這麼爽快吃過肉了，市集上吃的肉包子不算！

她剛挨著景賦生坐下，一隻修長的手便遞過來一個杯子，裡面散發著果酒的醇香。

林滿順著看去，只見景賦生滿臉溫和地看著她，見她望過來便道：「這是周嫂子帶來的果酒，給妳留著的。」

這話乍一聽起來像是周氏特意為林滿留的，只有桌上的幾個人知道，可不是這樣。

周氏的果酒只有一小罈，她們幾個女人喝不了那麼烈的高粱酒，都分著這小罈果酒喝，小罈子本就分不了幾口，於是景賦生拿起面前未動過的杯子也要了一杯。

景大娘起先以為兒子也想嚐嚐果酒的滋味，畢竟他們早已經不是官家之人，就算是普通的果酒也許久不曾喝到了。她還勸了一句當心身體。

當時景賦生只答了一句心裡有數，而後就把杯子放在面前，也沒動過。

周氏本來是給林滿留了一杯的，結果馮大山那大老粗以為是給他斟的，一口就飲盡了，喝完了還說不夠味，周氏當場差點氣得拍死他，其他人的杯子都沾過唇了，自然不能再留給林滿了。

現在景賦生這一出手，眾人才反應過來，景賦生這是怕酒不夠分給林滿，這才留著的呢。

景大娘十分欣慰，覺得有戲。

林滿聞著果酒香，開心給周氏道謝。「嫂子還記得給我留一杯，真是太好了，我還沒有喝過這種果酒呢。」

這個功周氏自然是不會攬的，她一邊無奈地朝當家的飛了個白眼，一邊道：「我確實給妳留了一杯，不過被我當家的一口給乾了，妳那杯是景家小子給妳留的。」

林滿一愣，心尖像是被誰撩了下。

來到這個地方，林滿受到了不少照顧，景大娘和周氏沒少幫過她，但和景賦生這種的不大一樣。

景大娘和周氏是在她困難的時候施以援手，景賦生是在她不需要任何幫助下，卻還記得她。這果酒周氏本就留了一杯給她，景賦生卻還是怕她沒得喝，又留了一杯。彷彿是在她需要的時候他就出現了，時刻準備著。

在這個地方，景大娘、福娘和周氏是幫助她的隊友，她其實也不能算孤單，只是有時候還是覺得有點寂寞。

景賦生這一舉動，好像是在孤單前行的路上，突然多了一個陪她的人。

林滿覺得自己有點矯情，不過是一杯果酒，竟令她無端起了諸多情緒。

她斂起心思，對他輕聲道：「謝謝呀。」

景賦生微微一笑。「這有什麼？妳看大家都吃得好、喝得好，妳辛苦了。」

林滿覺得這話有點不對勁，她在心裡跟著唸了一番，捕捉到了幾個重要字眼。

妳看、大家都、妳辛苦！

這不是在拐外抹角說：妳看除了我都吃得好，這都是拜「妳」所賜，我謝謝妳呀！剛剛升起的那一點點感動一下消散得無影無蹤，林滿呵了一聲，當著景賦生的面拿起香噴噴的烤肉，一口、一口，慢慢吃進嘴裡，而後抿一口果酒，發出滿足的讚嘆，可憐道：「景大哥，你吃不了這樣的絕味，我深表痛惜。」

景賦生絲毫不受影響，四平八穩地回道：「妳辛苦自然是該吃點的，我不過一個將……久病纏身的人，看你們吃自然也是好的。」

這人說話半露半遮，林滿敢打賭，他剛才絕對是故意這麼說的，「將」什麼？將死之人唄！故意不說出來引人遐想，還有什麼叫「看你們吃自然也是好的」？就是說她故意吃給他看嘍？

男人裝起可憐來，就沒女人什麼事了！

眾人就看他們兩人鬥嘴，林滿嘴炮威力不及景賦生，率先敗下陣來，她一口飲完杯子裡剩下的果酒，盛了碗乾飯就著燒烤吃了，懶得再理他，填飽肚子才是要緊。

景賦生也不再和她鬥，他許久沒這麼玩過，精神雖好但大病過後的身子卻有些累。

第十六章

這一頓飯眾人吃得酣暢，馮大山和周氏在回去的路上都還在回味，酒香不怕巷子深，林滿這手藝放哪兒都是個進銀子的。

景大娘幫著林滿收拾了桌面、洗了碗筷才離開，她想得遠，兩個孩子雖然八字還沒一撇，但關係不嫌打得早，機會都是留給有準備的人。

林滿把廚房收了尾，今晚熏了一身煙味，儘管身子已經有些累了，她還是堅持燒了熱水簡單洗了下，小蒼村冬夜冷，她不敢幫平平洗，只把全身好好擦了遍。

母女倆收拾完就一起躺倒在暖暖的被窩裡，新被子還散發著新棉花的味，林滿還沒來得及給平平講個小故事就睡過去了。

地裡的菜都長得差不多，明兒個還得早起收了，趕在當集前送到集上。

十畝地不算小，儘管林滿和景家母女起了個大早忙活，但勞動力也是遠遠不夠的，還好在飯桌上她就跟馮大山和周氏說好了請他們幫工，還是十文一天包中餐。

如今馬上就是深冬了，麥子也在前陣子就播完了，現在正是農閒的時候，村裡力壯的人都去集上或鎮上找散活做，婦人就接些縫補的輕巧活兒，不過這時候需求活兒的人多，接不到活兒的人也多。

林滿便在村裡問了哪家有閒的，她要找幾個幫工收菜。

消息傳得快，能在村裡就接活兒許多人求之不得，不少人跑來問，林滿家裡找不到人就去找景家，景家沒人就去荒地裡，村子一時間熱鬧不已。

有些人是真找活兒做，畢竟就收個菜對他們來說哪是難事？

有人是來看熱鬧的，林滿這地邪門又神奇，這才種了幾日就能收啦？看看這些菜個個都長得喜人，連那些冬季種不出來的都有，人群裡羨慕的、眼紅的都有，眾人議論紛紛沒個停歇。

林滿見來人多，乾脆說了兩句。「都是鄰里鄉親，來看熱鬧可以，想吃兩口新鮮也可以來找我和福娘要，不收分文。」

這一開口，就有人忍不住起了些別的心思，如果能夠隔幾天要一次，攢一攢不也有得賣？

但還沒來得及說點什麼，就聽見林滿繼續道：「不過我這菜畢竟是拿來賣錢的，大夥兒也得給我留個活路，可別把我們地裡給搬空了，到時候我們母女倆只有餓著肚子過年了，辛辛苦苦種了沒收成，只有找衙門裡的青天大老爺做主嘍。」

林滿說這番話不是重語氣，就像聊天般隨意說了出來，為那些人留了些臉面，但眾人都知道她不是在開玩笑，林滿和景福卿合買的這塊地，村裡多少人眼紅？現在誰家閒聊時不心痛一下自己怎麼沒早下手為強？

想方設法湊銀子想高價買的人不是沒有，這麼神奇的地都傳過去大蒼村那邊了，這路上的青苔都被來看熱鬧的人踏沒了，但為啥沒人敢下手？因為這地突然說靈就靈，有些人怕冒犯神明，不敢輕舉妄動罷了。

林滿自然也知道外人的心思，她不得不感謝古人對神明的畏懼讓她省了不少事，買了地後，她讓景大娘和村裡婦人閒聊時放了些話——這地據說有神仙看顧著，她閨女和林滿都得規規矩矩種菜，不敢做其他用途，不然為啥百年前這地靈了最後又荒了呢？說不定那輩人做了什麼，冒犯神明。

這段說辭好歹有了些作用，這塊地確實是安生到現在沒鬧出事來，但有些人只要有利可圖，就沒做不出的事，等這地裡的作物都換成了大把的銀子，安穩日子怕是要到頭了。

林滿對這個問題也想了許久，為啥有人會見利忘義？那是因為她有的賺別人卻沒有，只要想辦法讓村裡人都一起富裕起來，人人都過上好日子，都忙著賺錢，哪還有閒工夫去想別的？

況且她買地的時候也答應過村長，有緣就幫幫村子。

這事林滿也沒少琢磨，可惜她不是農業專家，頂多小時候幫爺爺、奶奶插過秧，後來父母離婚了，她跟著媽媽走後就再也沒碰過這些了，簡單農作還行，要想做出大事業來可沒那個本事。

她翻來想去只能想到一個辦法，腦子裡也已經有了雛形，後面再一步一步慢慢來了……

這次收菜的人手除了周氏兩口子，林滿還請了上次的唐嬸子，另有兩個年輕人，一個叫桃花，雖然今年才十三歲，但人勤快、肯吃苦，地裡活兒也是幹習慣了的。另一個是村長家的小媳婦，剛和村長小兒子成親不久，也是個能幹的，聽說林滿這裡要人，早早就找上門來了。

他們幾人在地裡忙活，灶上的事就另找了兩個少婦來做，同樣給工錢。

人多動作就快，幾人分工合作，摘菜、揹菜有條不紊，到吃午餐的時候已經有了大半收成。

等吃完午飯，灶上的兩個少婦也會到地裡幫忙，林滿推算今天收完沒什麼大問題。

午飯搭配高粱酒，這次用的是林滿地裡的菜，滋味自然比尋常菜餚香噴噴許多，有人吃完就問了一句。「滿娘，這就是我們今天收的菜？」

林滿回道：「就是呢，等忙活完了大家各自帶點回去。」來幫忙的人就沒客氣，都說到時候裝一點，還玩笑讓林滿和景福卿別心疼。

吃完飯，眾人來不及歇又去地裡了，這菜味道確實不一般，邪地變寶地，林滿和景家這是要時來運轉了啊。

下午林滿沒去地裡，她去景家屋後找了啞巴叔，竹編用具早就找他訂了，說好了今兒下午拿貨，畢竟還要趕著裝好菜，明兒一早就帶去集上。

剛走到啞巴叔家的茅草房前，就看見一個年輕男子正和繡兒在說話。

那男子模樣不算出挑，皮膚略黑，正正方方的國字臉，濃濃的眉毛下倒是長了一雙桃花眼，此刻正溫柔小心地對著面前的姑娘說話。「銀子是我在鎮上給別人抄書卷得的，看見這個手鍊一眼就覺得適合妳，妳戴著一定好看。」

他手裡正捧著一個打開的小方木盒，裡面裝著一條紅線串著玉兔墜子編成的手鍊，雖然不值什麼錢但十分可愛，正是女兒家喜歡的樣式。

繡兒雙頰染了桃花色，小心地接過了盒子，眉眼都是歡喜的，但嘴上卻道：「你好不容易賺了一兩銀子該給唐嬸子，跑去買這些幹什麼？家家戶戶得點銀錢不容易，小心你娘知道了，到時候說你有了……忘了娘。」她畢竟還是未成親的小姑娘，「媳婦」兩字實在難以說出口。

男子正是唐嬸子的獨子，繡兒的未婚夫——邱飲文。

邱飲文怕她不高興，趕忙解釋道：「妳大可放心，買這個我是跟娘打過招呼的，我怎麼會做讓妳為難的事？妳做的鞋子我爹娘穿著都說好，誇妳是難得的巧媳婦。」

繡兒心裡越發甜蜜，精緻的小臉更是美麗奪目，惹得邱飲文挪不開眼。

古代極重男女大防，就算鄉下沒那麼多規矩，也不敢讓訂了親的孩子見面，怕小倆口情難自禁做出不好聽的事情。

林滿不想碰見小情侶正在私下說話，她走也不是，不走也不是。正在尷尬之際，繡兒率先看見了她，小臉一下鮮紅如血，十分羞澀地打了招呼。「林嫂子。」

邱飲文也跟著不好意思起來，轉過身子朝她作揖，也喚了聲林嫂子。

見小倆口窘迫得很，林滿裝作無事道：「我過來找繡兒爹拿竹筐。」

繡兒道：「筐子我爹早就編好了，他飯後出門砍竹子去了，嫂子要的簸箕還差兩個呢，我拿給妳就是。」

林滿應了聲，邱飲文不好再待下去，跟繡兒打了招呼就要回家，轉身之際卻被叫住了。

邱飲文和范齊林兩個都在鎮上的私塾讀書，一個月難得回來一次，繡兒也顧不得害羞扭捏，忙進屋拿了早就做好的鞋子、棉衣給未來自家男人，聲音小小地道：「天氣越來越冷了，你自己多注意身子，你也別說什麼我亂花錢買東西，這錢是上次你給的，裡面還有給唐嬸子和邱大叔的鞋子，你記得拿給他們。」

說完也不等邱飲文回答，就跟林滿說起了話。「嫂子，妳跟我來吧。」而後便低著頭快速地進了屋，不敢看身後一眼。

邱飲文抱著懷裡的衣物，嘴角的笑怎麼壓也壓不下去，喜孜孜地跟林滿告辭，轉身走了。

林滿頓時覺得眼睛都要瞎了。

她跟著繡兒進了屋側搭的茅草棚裡，那裡放著乾柴、農具和啞巴叔編的竹筐子。林滿訂了十個，集上賣十文一個，啞巴叔收八文，因為林滿訂得多，一共只要了七十五文。

繡兒收好錢，而後小心道：「嫂子，妳別把飲文來了的事說出去……」

林滿笑道：「不要我說出去可以，不過以後嫂子以後要妳幫忙，妳可不能推辭。」

繡兒一聽，斂起神色道：「嫂子放心，我能做的一定不推辭。」

林滿問道：「邱家小子是不是教妳識字了？」

繡兒不想話題又轉了回來，剛恢復正常的臉色又紅了起來，聲如蚊蚋。「也沒教什麼，只能認得自己名字……」

林滿聽了便沒再多問下去，只道：「不著急，以後學得多了嫂子再說。」

她心裡有想法，今天的菜賣出去就算這生意走上正軌了，以後她一個人是忙不過來的，她心裡有許多做生意的主意，需要識字的人來幫忙，繡兒年輕，未來夫君又是秀才，如果能跟著識字倒是能幫她許多忙。

林滿揹著筐子回到景家，菜都放在這裡，景福卿因為要哄孩子睡覺沒去地裡，現在正好一起幫忙裝菜。

景賦生雖然生了大病，但今天精神倒是不錯，看顧孩子的任務依舊交給他。

林滿先到東屋看了雙兒和平平兩個小丫頭，景賦生躺坐在床邊，雙兒睡在中間，平平睡裡邊。

她進去的時候，景賦生正給兩個小不點蓋好被子，眼神溫柔如水。

林滿看得出來他是真心喜歡孩子，無論對平平還是雙兒都展現出十二萬分的耐心，若他身體康健，以後娶妻生子了，定是個好父親。

景賦生回頭看見林滿站在門口，立馬朝她比了一個噓的手勢，示意她安靜些。室內氛圍如春，讓人感覺暖洋洋的，林滿忍不住展開舒心的笑容，用唇形說了謝謝兩字。

她回過神，正看見景福卿朝這裡張望，以為她是關心孩子，便道：「睡著了。」

景福卿「嗯」了一聲，垂著眼皮遮掩心虛。

眾人忙到天將黑才忙完了所有事情，都累得不行，分開的時候林滿果真讓幫工們各拿了一些蔬菜，一群人想著今天中午吃的菜，都開心得拿回去準備明天就吃。

林滿的事情還不算完，她帶了些菜品趁著天色沒黑完，趕緊去找了武大叔，因為明天當集，所以想問他牛車可有空，她想租一天。

到了武家，武大叔一家正在門口送客，林滿仔細瞧了眼，正是他家未來姻親，范齊林和他娘李氏。

這李氏可是大蒼村嫁過來的，自詡是低嫁，她嫁過來的時候，嫁妝在農家也算是豐厚，至少比小蒼村的強不少，且嫁過來頭一年就一舉得男，結果沒得意兩年，自家男人去找活兒後就沒再回來，到現在也不知道是死是活。有人說她男人被雇人的莊家打死了，有人說被狐媚子勾跑了，這一下她在村裡就成了個笑話，當初她有多得意，就被笑話得有多狠。

李氏尋夫尋了兩年無果，乾脆放棄了，轉頭把所有精力都投到兒子身上，她知道地裡刨食沒出息，在范齊林五歲的時候，就縮衣節食把他送到鎮上一個老秀才那裡去讀書，自己則在村裡舌戰群雌，誰敢當面笑他們母子倆，都得被罵個狗血淋頭！而范齊林也有出息，他費心苦讀，年紀輕輕的就考上了秀才。

這一下可不得了了，小蒼村有五十來年沒出過秀才了吧？那些看李氏母子笑話的人都閉了嘴，李氏狠狠揚眉吐氣了一回，對兒子的希冀就更甚，想跟范齊林說親的人家不少，但李氏能看得上眼？自家兒子是秀才，官家小姐是不敢想的，怎麼也得配個識字的姑娘吧？好歹有個說話的人兒不是？

村裡人就罵李氏眼高於頂，自己鄉巴佬一個還想攀個識字的姑娘，會識字的閨女家裡能差了？能看得起妳家范齊林才怪。

村裡怎麼議論李氏全然不管，反正她兒子是村裡第一個考上秀才的，誰也不能阻止她得意，直到後來邱歆文也中了秀才才收斂了些。

要說范齊林和武巧兒能訂親，還是范齊林自己跟娘提出來的，他小時候被村裡人笑話得多，只有武巧兒願和他走得近，套句林滿上輩子的話說，武巧兒就是他心裡的白月光。而那時武喬文剛好被招去當捕快，武家在小蒼村登時成了有頭有臉的人物，李氏這才沒反對，託了媒婆上門說禮，賈氏雖然瞧不上李氏的做派，但郎有情、妾有意，況且范齊林看著也有前途就應下，這親事也算順當。

據說范齊林能在鎮上讀書，還是武喬文給私塾託了關係免了部分束脩，不然就李氏那點家當，繼續供個秀才往上讀哪那麼容易。

林滿在遠處停下腳步，等他們兩家人說完話，見范齊林和李氏轉身準備離開了才過去，她和李家母子擦肩而過時，范齊林給她打了聲招呼，林滿應了，李氏仰著下巴走過去，看都沒看她一下，秀才娘的做派擺得足足的，倒是對她手裡的菜多瞄了幾眼。

巧兒未來婆母這個模樣，賈氏和武大叔心裡怕是也不放心吧。

到底是別人家的事，林滿沒多想，上前跟武大叔兩口子說明了來意，又把手裡的新鮮蔬菜遞了過去。

李氏母子倆走的時候，賈氏的臉色就不太好，兩家聊得似乎不開心，見林滿帶了菜又有錢賺，臉色才好轉些，對她道：「牛車妳牽走吧，老規矩，餵飽喝足再還回來。」

林滿應了下來，給了二十文租車錢，集上租牛車是三十文的，賈氏說鄰里鄉親的，不用收那麼貴。村裡就這麼一頭牛車，價格本應更貴些，她算是撿著便宜了。

第十七章

以前都是提前一天送菜，今天是趕著當集送，林滿和景福卿早就商量好了，不敢去得太晚，不然包子鋪和酒樓趕不上做生意，是以第二天雞還沒打鳴，林滿就起床，把睏得睜不開眼的平平裹得嚴嚴實實的帶到景家。

景大娘和景福卿也起來了，昨天一筐筐菜早就裝在車上，現在只需要給牛套上牛車就行了，景大娘熬了點稀粥，又把乾糧給兩人裝好，囑咐路上小心。

她要在家裡幫忙看孩子、照顧兒子，不能去集上幫忙了。

林滿把平平交給景大娘，臨走之前不自覺看了眼東屋，裡面安靜得很，景賦生怕是睡熟了，自他犯病過後，兩人之間莫名親近了幾分，不過這幾日忙，也沒說上話。

景大娘還給兩人準備火把，現在天黑得伸手不見五指，摸黑走她實在不放心。

林滿和景福卿兩人再三保證一定小心謹慎，景大娘才放行。

兩人一路確實走得不快，天色漆黑，林滿連牛車都不敢駕，她和景福卿輪流牽著牛車，一人牽的時候，另一個就在牛車上坐著小憩，養好了精神才有體力幹活。

一路雖然走得慢，好在她們起得早，到達集上的時候，只有幾個商鋪點了燈，在為開集做準備。

兩人先把牛車駕到天香樓，郝掌櫃是大主顧，把他的菜品下了後面就會簡單許多。接待她們的是店小二，似乎早就在等著她們了，眼下還有烏青，似乎一夜未睡。小二見兩人來了，趕忙去叫了廚師幫忙下貨，除了店裡需要的，其他都還要趕著往鎮上拉。

林滿一下牛車就連忙掏了幾個銅板給小二，道了一聲辛苦，讓他留著買點茶水喝。

小二收了錢臉色也好看許多，就跟林滿兩人多說了幾句話。「那位要給女兒辦及笄禮的員外家中來了客，昨兒突然派人來點菜，讓我們明天就要置好酒席，掌櫃的急得一夜沒睡好，剛剛才去躺下。」

林滿一聽趕忙說了自家的住址。「小二哥，郝掌櫃如果以後有這樣的急單，就來小蒼村尋我們，報我倆名字隨口問問就能找著了。」

小二愣了一下，問道：「小蒼村那塊靈地就是妳們的？」

林滿訝異道：「集上都知道這事了？」

小二放下手中的活兒，認真說道：「何止集上，現在怕是都傳到鎮上去了，我們集上雖然富庶，但是到底沒大富大貴之人，但鎮上就不同了，過幾日怕是有鄉紳、員外過去你們村，打著買菜、買地的主意倒還好，就怕有些人想什麼損招，林娘子，您最好做個準備。」

林滿聽完沈思了一會兒，謝過店小二的提醒。

天香樓的菜卸完，車子瞬間空出一大半，她們臨走的時候，店小二把掌櫃提前羅列好的貨單和訂金拿過來給林滿，連貨單都列出來了，菜品自然不會少，店小二還謹慎地問了這上面要的品種可都有？好幾樣菜這季節怎麼都種不出來，只是那員外喜好那幾口，非要點了。

林滿仔細看了，小二特意說的那幾種竟然是菌類，這可為難她了，菌類是夏季的作物，而且又沒有種子，只能靠著真菌發出來，她仔細回憶了下上輩子心血來潮時，在網路上學的幾種菌類，只能說試試看。

小二也知道這是強人所難，掌櫃的也不敢跟員外打包票說一定能拿出來，好歹留了條後路。

林滿和景福卿把剩下的菜拉到包子鋪和小炒館，兩家也起了個大早，開集的事宜都準備好了，就等林滿的菜了。

忙完這些天也差不多要亮了，集上開著的店鋪和人漸漸多了起來，林滿現在手裡有不少現銀，今天掙了一筆大的，先不說訂金，菜錢就拿了三十兩，她合計完給景福卿報備了一聲，後者還有點恍惚，追著林滿問了一遍。「真有這麼多？」

林滿悄悄道：「這只是菜錢，訂金還有十五兩呢。」

景福卿倒抽一口氣，手藏在袖子裡激動得出了一層薄汗，卻努力做出一臉無事的表情，生怕別人看出異樣。

照這個速度賺下去，攢百兩銀子不是夢，她到時候要去找有名的神醫，早日給兄長把病看好！

林滿想著過不了兩天就是冬月了，過完冬月就是臘月，再來就要過年了，沈家要添置的東西還很多，年前她還想著造一架大床，畢竟木板鋪得再軟也不如床舒服。

景福卿說要去布莊扯些布疋給雙兒做些棉褲，畢竟冬天一定要保護好，不然凍出問題可是一輩子的事情，有些人家裡窮，只能讓孩子冬天挨凍，長了滿手滿腳的凍瘡，一到冬天就難捱，也只能活生生忍著。

兩人便又一起去布莊看料子，一進門林滿就看見了一個要熟不熟的人，村裡的費媒婆。

費媒婆正在跟布莊的馬掌櫃說什麼，一見林滿進來，嗓子瞬間就跟失了聲一樣，直直看著她。

林滿只怪自己出門沒看農民曆，太久沒見這人，怎麼就忘了費媒婆還在打著她的主意呢？

費媒婆很快反應過來，誇張地叫了一聲。「哎呀，幾日不見滿娘越發水靈了！聽說妳這幾日都在種地賣菜？在地裡累著了吧？來來來，我給妳介紹下，這就是上次跟妳說的馬掌櫃。」

說完又轉頭對馬掌櫃一臉諂媚，語氣誇張道：「馬掌櫃！就這是我說的林滿，你看看是否中意？」

林滿因為這段時間的生活環境有所改善，身上的肉補回來一些，正是體態勻稱的時候，雖然在地裡勞作，但冬天太陽不曬人，膚色並沒有變黑，因為生活有了目標人都是精神奕奕的，眼裡有光，整個人看上去十分清爽，靈氣逼人。

聽了費媒婆的話，她忍不住柳眉微蹙，神情更顯嬌俏，那馬掌櫃眼睛都快看直了。費媒婆這麼多年走街串巷鍛鍊出來的眼力能看不出來財神爺怎麼想的？一看有戲立馬就跑過來拉住林滿，口裡還唸叨道：「滿娘站門口做什麼？進來喝口水，和馬掌櫃說說話。」

費媒婆那張嘴實在是輕浮，怎麼聽都像是勾欄院裡的老鴇在讓姑娘們招攬客人，林滿臉色一下變得難看起來，心裡憋了一團火。

她被費媒婆一碰就厭惡，側身躲開她，冷冷道：「費嬸子自重，我雖然是個寡婦，但也是清清白白的良家婦女，可不是費嬸子身邊那些狂蜂浪蝶。」

這話裡話外都說費媒婆是欄子裡的老鴇，她聽了卻也不生氣，手絹在空中輕輕一揮，造作出無限妖嬈道：「滿娘當然是清清白白的女人家，這點嬸子從來沒有懷疑過，不然能撮合妳和馬掌櫃？這是多少姑娘都羨慕不來的福氣呢！」

林滿連白眼都懶得翻了，不再和費媒婆拐彎抹角地說廢話。「費嬸子去找需要這份福氣的人吧，我林滿還不稀罕，費嬸子遊街走巷到處拉皮條能找飯吃，我靠著自己的手也是找飯吃，別覺得誰比誰尊貴，嬸子也別再打我的主意，妳跟我非親非故，沒資格。」

這話便是當場啪啪打費婆子的臉，就差指著她的臉說：妳是個玩意兒敢來管我的事？

這下可不得了，費媒婆一下跳了起來，嚷嚷道：「妳這不知好歹的小娘子，就是這麼對長輩的？」

林滿噗哧一聲笑出來。「費嬸子是我哪門子的長輩？叫妳嬸子是妳年紀大了，可不是我林滿什麼正兒八經的親戚，明白嗎？不明白我再說一次，是、妳、年、紀、大、了！」

凡是女人都不愛被說年紀大，這費媒婆老愛做些年輕姑娘的姿態，雖說對她進行人身攻擊是不對，但費媒婆做的事可比人身攻擊噁心多了，林滿沒什麼好愧疚的。

她話說完便轉身走出了店門，又突然想起什麼似地停下腳步，對著臉色難看的費媒婆道：「對了，費嬸子若還不死心，來我家一次我就放狗咬一次，只警告一次，妳不要命可以試試。」

這話當然是唬她的，景福卿上次抱來的那條狗根本沒養在自己家，不過她倒是可以再去抱一隻回來。這費婆子實在噁心，不知哪來的臉覺得她非得貼著她，對這種臉比城牆厚又沒有自知之明的，跟他們是講不通道理的，還不如動手來得快。

林滿拉著景福卿離開了布莊，只剩費媒婆氣得咬牙切齒，哎喲哎喲直叫喚，本想大罵一句林滿不識抬舉，但還沒開口，忽然聽到馬掌櫃笑了起來，鼠眼微瞇，望著門口道：「這小娘子倒是個有脾氣的，妳如果能說得來，銀子我給妳翻倍！」

費媒婆沒說出口的話就這麼卡在喉嚨裡，轉頭笑道：「馬掌櫃放心，那林滿是沒有嚐到好日子的滋味，只要給點甜頭，還不是乖乖地找上門來？你且等著吧！」

馬掌櫃卻又接著道：「如果那娘子實在不願意嫁來也無妨，畢竟我也不是那說不通理的人，跟著她一起來的那位倒也是個可人的，可有婚配？」

這下連費媒婆都忍不住在肚子裡啐了一口。呸，真當自己是個香餑餑了還挑三揀四的，但臉上還是笑得一派自然，誇道：「掌櫃好眼光，那娘子是個和離的，家裡還有個拖油瓶和一個病秧子哥哥，只不過那娘子家中不算缺錢，倒是不好用銀錢處理，你若真的喜歡我再想想辦法。」

那馬掌櫃嗯了一聲，奸詐的臉上冒著算計的精光。

林滿已經走了，自然不知道自己和景福卿被人在背後如此說道，兩人往牲畜區走去，現在手裡有錢，牛該買起來了。

牲畜區各類牲畜都有，林滿兩人到底沒有買牲畜的經驗，怕被牛販子騙了，在集上等了一會兒，見到村裡的熟人便去打招呼，想讓他幫忙看看。

同村熟人是邱欽文的爹，繡兒未來的公公，名叫邱富貴，他聽到林滿兩人要去買牛還大吃了一驚，這兩人才種地多久連牛都能買得起了？

吃驚歸吃驚，但他不忘帶兩人去看牛，莊稼漢懂得多，小蒼村只有幾頭牛，農忙時節幾家人輪流餵養，什麼樣的牛好使心裡早就有譜。

林滿和景福卿各買了一頭，邱富貴還幫忙跟牛販子講了價，均價十五兩一頭的牛硬生生講成了十四兩，林滿計算著省下的這一兩銀子可以去找村裡的木匠打個板車出來，以後拉貨的時候也方便。

邱富貴幫兩人忙活完，直接問道：「妳倆那塊地真那麼好賺？」

林滿想了下才道：「我們的地跟普通地沒有區別，也是要種，要除草澆水才能長作物，只是菜長得快些，味道好些對人胃口，所以就賣得好、賣得快，只要人勤快能想法子，都能賺到銀子。」

最後一句話邱富貴倒是贊成的，農家人為啥大多只能在地裡忙活找吃的？他們不勤快嗎？老百姓有幾個不勤快的？只是他們想不出能賺錢的法子，有頭腦的都去做生意賺錢了，哪還用面朝黃土背朝天？

林滿說完這句話就不再多說了，多說多錯，其實那些話她本可以不說的，只是村裡人只要眼睛不瞎都能看見她倆牽頭牛回去，心裡不就什麼都明白了？

為了感謝邱富貴的幫忙，中午的時候請他在來福小炒館吃了一頓，小虎牙和他爹見林滿來捧場十分高興，上的菜分量都是足足的。

邱富貴知道這裡的菜都是林滿賣的，看著店裡的好生意，實在羨慕不已，心裡琢磨著有沒有辦法能搭上林滿這條船也掙點銀子，不說有多少，過年的時候能多吃幾斤肉就夠了。

三人一同回去，邱富貴正好幫忙趕牛車，一進村就有人看見林滿和景福卿手裡牽著的牛。

一頭牛差不多十五兩銀子，這可就三十兩銀子啊？林滿和景福卿竟然賺了這麼多？

有人上來看熱鬧了，問的話和邱富貴說的差不多，林滿也是一樣的答法，還有人提前為年後的播種商量借牛的事，開春播種是農家大事，林滿和景福卿沒推辭，等明年到了再說，少做幾天生意也不礙事。

林滿謝過邱富貴，把牛餵飽喝足後就趕去武大叔家還了，林滿買牛的事傳得快，這個時候賈氏也知道了，問以後牛車還要租嗎？錢不多可也是個進項，要是林滿還要租，她這邊也好有個打算。

林滿說牛車還沒找木匠做出來，這幾天還得借用一下，賈氏就說要用隨時來拿，反正農閒不費事。

林滿把牛趕回自家牛圈就去景家接平平，到了景家就看見景賦生抱著烘籠在教平平唸三字經，小丫頭話還說不索利，念得磕磕絆絆不甚清楚，看著可愛又可笑。

景賦生好不容易教小丫頭唸清楚了一句「人之初，性本善」，就見林滿來了，他道：「剛才福娘回來跟我說了妳們買牛車的事，還說下次訂單多，怕是要請人幫忙？」

林滿在他旁邊的小矮凳坐下，把幾張清單拿出來給他看，道：「這是下次的清單，就我和景大娘還有福娘是忙不過來的，跟掙的銀子相比，請人倒算不上貴了。」

景賦生一邊聽她說、一邊仔細看著單子，直到看見那幾樣菌類時，眉頭微微蹙起，瘦得只剩骨頭的手指在腿上輕輕敲著。「怎麼還有菌子？那掌櫃的要做什麼？」

「是鎮上一個員外要擺宴席，上次來集上吃了我們家的菜說好，本來只訂了他家小姐的及笄禮，結果家中突然來客，才在郝掌櫃這兒下了急單。」

景賦生眼神變了變，頓住了手上的動作，問道：「妳種得出來？」

「我倒是有法子，就是不能保證一定能種出來。」

景賦生折好清單還給她，神色認真道：「這菌子，妳不能種出來。」

林滿一愣，滿是不解道：「為什麼？」

景賦生慢慢分析道：「妳不覺得奇怪嗎？那員外既然要擺宴待客下急單，何必要大老遠地跑到咱們集上來？少說也有百里地，路上耽擱這麼久，不怕怠慢了客人？」

林滿細聽完就明白了。「你說那員外是故意的？」

景賦生點點頭，繼續道：「掌櫃的可說是多久前下的單？」

「是店裡小二說的，那員外昨天派人來集上……」話說到這裡，林滿一頓，腦袋裡面就像打開了開關，亮了一盞燈。

店小二還說，她買地的事情都傳到集上去了，這幾天怕不是有鄉紳要來，怎麼偏偏這麼趕巧？她買地的事情才傳出去沒多久那員外就下了急單，還下的是如此刁鑽的菜類？

這是在試探她啊！

想通這個關節，林滿嚇出了一身冷汗，說不出話。

景賦生見她已經明白，直白道：「妳們的地已經出名，要打聽在哪個位置並不難，那員外打妳那塊地的主意有十之八九，只是不知道妳這地到底價值幾何，值不值得他費心思。

「若是那塊地就只有菜長得快，能種些不當季的蔬菜這兩種優勢，對農家來說是天大的喜事，但對他來說價值並不大。一個土豪鄉紳，手裡的田地之多，再不濟，一年到頭的收成也能趕得上的，味道奇特對他們來說也只能算一時新鮮，如果那塊地有更大的用處，能種出普通農地都種不出的作物，那才是真正的寶地。」

林滿已經緩過來，接著他的話道：「這個時節若是連菌子都能種出來，那還有什麼種不出來的？人參、靈芝這些稀罕東西更是不在話下了。」

景賦生點點頭，露出一點笑來，見她臉色頹喪，似有懊惱，便安慰道：「妳沒有見識過高門大戶的那些彎彎繞繞，自然是不會想這麼多，但我只提了一句妳就明白，滿娘還是聰明的。」

林滿抬頭看了他一眼，而後又移開，有些氣惱道：「跟哄小孩子似的。」

景賦生笑出了聲，臉不紅、心不跳地重新哄道：「滿娘聰明絕頂，舉世無雙。」

「心口不一。」林滿信他才有鬼，臉色卻舒展開來，而後她站起身子接過平平，認真地看著景賦生。「還是要多謝你，不然被人算計了都不知道，這幾日滿腦子都是賺銀子，忽略了那些旁的事情，差點中了別人的計。」

景賦生道：「妳現在正是最忙碌的時候，賣菜這生意好不容易走上了正軌，後面有更多的事情要操持，妳要是不介意，以後若有事情可以來和我說說，多個人多個想法，說不定能幫上忙。」

林滿這才笑開來。「那敢情好，我現在就有個疑惑，我手裡有些其他法子想換些銀錢，但是不知道該從何做起，你給我說說。」

景賦生沒急著回答，先是反問道：「我剛才說菜只是一時新鮮，不但是富足人家，就是普通老百姓吃多了也不覺得稀奇的，妳可覺得很有道理？」

這點林滿倒是有不同的想法。「吃多了不稀奇是真，但菜若是能銷得遠一些，一國人口眾多，總有人沒吃過的，對他們來說不就是新鮮了？」說完這句話，她自己率先反應過來，忍不住笑了。

她菜耐放不假，可再久也是有個時限的，這裡不如現代科技，沒法放個一年半載的，等菜運去別的地方，早就壞掉了。

景賦生用木棍撥了烘籠中的火石，等暖意重新襲來的時候開口道：「無利不起早，那塊地能換銀子是大家明眼能看見的，名聲傳得越遠麻煩就越多，遠銷的麻煩妳應當是知道的，我想著與其把菜賣給別人，不如就近賣給村子裡的人，讓他們加工成各式各樣的食物再賣出去，這樣大家都有得賺。妳的地和村裡的利益掛了鉤，只要不是個蠢的，自然會和妳站在一邊，妳沒了地，他們也就沒了貨源、也就沒了銀子，想打妳地的主意也得看小蒼村的人同不同意。」

頓了下他繼續道：「妳手裡能換成銀錢的法子想必是村裡沒有過的，現在有兩條路，妳看選哪個。」

林滿接著他的話道：「你可是想說，一是拿錢收徒傳藝，二是直接傳授方法，與他們簽訂契約拿分成？」

景賦生今天說的話比以往都多，漸漸地有點累了，歇了一會兒才接著說道：「妳心裡明白，為何還要我給妳出主意？」他話裡並無生氣，林滿剛才的話一出口他就知道，滿娘心中已經有了想法。

林滿眼睛亮晶晶的，道：「是你說的呀，有想法給你說說，我就想聽聽你那裡是什麼新主意，卻不想你的想法竟與我不謀而合。」

「沒聽到新法子失望了？」

林滿趕忙搖搖頭道：「怎麼會？有人和我想法一致，說明我並不是異想天開。景大哥不瞞你說，我是早就在想法子讓大夥兒一起致富，沒奈何我人微力薄，縱使心裡有想法也不敢說出去。」

景賦生能理解，林滿和福娘現在是村裡的紅人，羨慕嫉妒的不在少數，要是突然聽她們說能帶著村裡人一起發財，有些人不但不感激，反而會覺得理所當然，若是有人沒有得到預想中那麼多的銀子，林滿和福娘怕是還會惹一身腥。

第十八章

賺錢的事情耽擱不得，林滿先是請了五個幫工，都是村裡的熟人，讓他們負責地裡的耕種事宜，不過她圈了小半畝出來自己用，讓幫工不用管。

她自個兒在空間琢磨好那些賺錢法子，就去和景福卿商量了。

這次景賦生也在，她乾脆將兄妹倆一起帶進了空間，景福卿這才知道自家兄長已經知曉了，眼光在兩人身上來回轉了幾圈，到底沒說什麼。

空間這事還不能跟自家娘說，有秘密卻不能共享的滋味著實難受。

林滿和景福卿將景賦生扶到田埂坐下，接著她指著地裡那幾株辣椒苗道：「我以前在一個老獵人那兒見過一種新辣椒，叫做野山椒，那個辣味可不是一般的辣椒能比的，上次我在山上撿柴時見過那苗子，這次把它移栽到了空間，就是那個。」

兄妹倆看過去，只見辣椒苗已經結了果子，半個拇指長的小辣椒朝天長著，有青有紅，除了長相異於普通辣椒外，暫時看不出其他不同。

林滿讓他們等著，閃身回了自己家，再回來時手裡提了一個籃子，裡面裝著一小碗泡椒藕片，裡面還搭配了木耳和一些其他調味料，那是她昨晚就做好的。

她給兄妹倆一人拿了一雙筷子，讓他們嚐一口，並好心提醒道：「你們吃一小口就行了，這個辣得很。」

就算林滿提醒了，兄妹倆剛入口還是辣得眼淚打轉，景福卿還好，畢竟她生孩子之前也沒少吃辣。

景賦生就不行了，他身體一直很虛弱，這般刺激的食物接觸得少之又少，眼淚不爭氣地流了下來，臉色緋紅，隱約有種梨花帶雨的柔弱感，林滿趕緊給他端了水漱口。

可他這泫然欲泣的模樣，實在是……好看。

公子只應見畫，此中獨我知津。

林滿側過頭，本想給這位大男子留點臉面，但沒奈何眼珠不聽使喚，一直朝景賦生那邊瞄去，直到被他抓個正著。

景賦生用拇指揩淚，腦袋微微側著，眼裡帶點好笑。「妳想看便看，躲躲閃閃做什麼？」

林滿聽他這語氣，好像誤會自己在笑話他，乾脆與他對視道：「人呢，長得好看就要有自知之明，你非要那麼好看來吸引我注意，我有什麼辦法？我也很絕望啊！」

景福卿頓時覺得自己好多餘。

景賦生笑也不是，不笑也不是，這人到底是誇他呢，還是怪他呢？

「身體髮膚，受之父母，景某慚愧，長成這般模樣讓妳受驚了。」

林滿擺擺手，大方道：「不驚、不驚，你多吃幾口、多哭幾次，我看習慣了就好了。」

林滿的厚臉皮景賦生見識多了，倒有了應對之策，他面色不改，笑容溫和，竟還道了一聲。「我知曉了。」

來空間畢竟不是光鬥嘴玩的，林滿問了兩個人對這道菜有什麼想法？兄妹倆都覺得不錯，剛入口的時候確實辣到不行，但過了辣勁就回味無窮，不失是道好菜。

林滿說道：「這做法其實很簡單，這個山椒苗也不算難找，我還有幾道菜都可以這麼做。」然後又說了泡椒雞爪、泡椒雞雜等等，只是一、兩隻雞做出來的量太少，也不好賣。

景賦生便道：「村裡人養的雞除了下蛋的，其餘都是留在過年吃，這個時候倒不好買，不過可以現在放出消息，等來年開了春，那時候養的應該會多一些。」

林滿贊同道：「景大哥說得對，不過我們兩家地裡的活兒都忙不過來，這個生意我想問周嫂子做不做，福娘可有意見？」

這主意和方法都是林滿的，她願意給誰是她的事情，景福卿自然是沒有意見的，她道：「我是個不會做菜的，就算給我也是浪費，給周嫂子做，菜和野山椒都在我們這兒買，我兜裡只有進銀子的分，哪有不樂意的？」

林滿多說一句也是知會他們一聲，雖說他們是一起做生意，但也有不合作的活兒，比如林滿的燒烤，不過兩人合作太久了，這種生意上的打算還是打個招呼，免得兩人生了嫌隙。

養雞畢竟是來年的生意，林滿怕地裡有變故等不了那麼久，地裡的菜她準備做成各種菜乾，除了訂單上的菜品，還要多種點青菜可以做成酸菜。

她把計劃說給景家兄妹聽，兩人都說可以，酸菜不稀奇，但用他們的菜做出來味道肯定更上一層。

出了空間後，林滿就帶了點泡椒藕片去找周氏，問她可願學。

因為馮大山愛吃辣，周氏經常會做些辣食，這個吃了一口就愛上了，但她不明白好好的一門手藝林滿怎麼不自留，卻要教她？

林滿聽了她的疑惑就說道：「我們地裡忙不過來，我還有燒烤攤子馬上也要開起來了，這個實在沒時間做，嫂子原先幫我良多，想著這個做出來也可以換點銀錢，又不是什麼秘方，嫂子可別覺得白拿我的手藝。」

周氏不好意思道：「我也沒幫妳什麼，不過鄰居一場，妳卻還記著，這個吃食妳願意教我，我當然是高興的，如果能給當家的賺幾個酒錢也是好的。」

話說到這裡就很明白了，林滿回去拿了現成的山椒來，先教周氏如何泡野山椒，野山椒泡好了藕片就好做得多，裡面還可以摻些木耳、紅蘿蔔片，吃起來酸脆辣，下飯、下酒都不錯。

周氏把每個步驟都記得牢牢的，泡椒藕片等不了幾天就能吃，剛好可以趕在下一次市集試著賣看看。

林滿沒急著給周氏說泡椒雞雜和雞爪的事，等周氏賣一次過後看看收益再說，還沒起步就別急著畫餅。

下一個市集來得快，林滿現在請了幫工，種菜、收菜速度快了不少，除了自家的兩輛牛車，武大叔的牛車還是借上了，三輛車拉著滿滿的菜上了市集，十分引人注意。好奇的人一打聽就知道是小蒼村來的，這下村子的名聲倒是讓人熟知了。

林滿還把燒烤的架子也搬到市集上，她之前和秦包子說過，想租包子店旁的空地半日，那裡原本搭了幾張桌子給一些食客吃飯用，自從他家生意好起來後就收了，新增了一方灶臺蒸包子用，剩下的空地再放桌子就不太合適了，不過給林滿用倒是可以，只要她不怕蒸氣熏人，秦包子也沒話說。

林滿做燒烤是被熱氣熏習慣了的，自然不怕，於是今天一來就把燒烤架搭好，點好炭火，先在架子上烤一些吃食，用香味吸引客人上門。

秦包子那兒的客人本來就多，林滿的動作引來了好奇的目光，待那香味飄散，就有一對夫妻上來問她這是什麼吃食。

林滿把手裡烤好的食物遞給問話的人，說道：「這是我家的燒烤，大哥、大嫂吃吃看，不好吃不要錢。」

來的人聞著味道口水就要滴下來了，接過後吃了一口，麻辣入了味，再加上林滿的菜那股鮮味，十足十的美味！

「妹子，妳這吃食怎麼賣的？」

林滿忙一一指著說了。「這邊的青菜是一文錢兩串，茄子不是這個季節的，和肉一樣是三文一串，魚比較貴十文一條，今天開張討個吉利，蔬菜買十文贈兩串，肉品買五串贈一串！」

三文錢買串肉對普通農家來說實屬心疼，但禁不住那味道香，夫妻倆買了十文的菜和五串肉，林滿讓他們在一旁等等，手法熟練地烤好，因為是第一個顧客，又額外送了兩串青菜，用油紙包好小心遞給他們。

「大哥、嫂子要是還想再吃，記得再來啊，多給親朋好友介紹哦！」

夫妻倆不想林滿竟然這樣大方，拿人手短、吃人嘴軟，自然是應了下來。

生意起了頭就好做得多，旁人看見那對夫妻吃得香又買了這麼多，也忍不住掏出幾文錢來嚐嚐味道，喜歡的人不在少數，自己吃完了還想著給家裡的大大小小帶回去一點。

林滿不嫌點得少，哪怕就只點一文錢她也烤，對每個人都笑咪咪的，來買的人看著心情都舒暢。

人都愛熱鬧，哪兒熱鬧往哪兒鑽，這邊人頭鑽動就有更多人來，聞著香味就想流口水，攤子前的人越來越多。

景福卿和景大娘送完菜便過來幫忙串菜、收錢，一上午眾人忙得不亦樂乎，直到散集了才能喘口氣。

三人連午飯都沒能吃，乾脆就在秦包子那兒買了幾顆肉包吃，秦包子見她們生意熱鬧也好奇是什麼手藝，林滿還沒熄火，就乾脆多烤了幾樣，分了一半給秦包子，留了兩份，準備待會兒拿去送給郝掌櫃和來福小炒館。

這兩個地方的客人多，林滿一是和兩家生意伙伴打好關係，再者也是想傳個名聲的想法，讓人知道集上現在有一家燒烤攤子。

秦包子和喬大娘吃得開心，說這手藝要是想傳下去可以多收幾個徒弟，掙點手藝錢。

林滿沒這想法，只說現在還不想收徒。

她暫時不打算教會別人，上輩子母親靠著這個養活了一大家子，所以對她來說有特殊的情感在。

集上的事忙完了，收攤的時候太陽已經快下山了，裝錢的罐子分量都重了許多，林滿笑得臉都開了花，但她還不忘問景福卿今天送菜時，郝掌櫃那邊怎麼說？

景福卿這才有空把郝掌櫃那裡得來的消息說出來。「妳還好沒種出菌子，今天我去的時候，那員外就在店裡等著，一聽種不出來臉色都變了，訂的菜都沒要就直接走了。」

林滿聽了心道果然如此，什麼家裡有客都是騙人的，還好景賦生分析了一番，不然都不知道那員外有什麼損法子等著她，那員外竟然都迫不及待地跑來這集上盯著了，林滿不會天真地相信他是好人。

回到家裡，林滿還是給景大娘母女倆幫工錢，景大娘知道親兄弟明算帳，收下了。

林滿今天賣燒烤賺了不少，數了一下有三兩多銀子，她小心地把錢放在罐子裡，然後鎖好。

周氏沒多久就過來找她說話了，滿臉都是笑意，林滿一看就知道肯定是有得賺了。

「滿娘，妳教我的法子是真的好賣，我做的那些都賣光了，賺了一兩銀子呢！一天就賺了一兩，以前想都不敢想！」

林滿請她坐下，上了茶，把想法說了出來。「這個辣椒苗子我地裡有種，山上也找得到，妳這個生意以後肯定有人跟著做，妳現在就是賺個新鮮錢，與其散賣不如找間酒樓、菜館，問他們收不收。」

周氏忙道：「妳說得是，回頭我再做點，讓當家跟著去集上問問。」

林滿道：「我這裡倒還是有個法子，就看妳願不願意下本錢了。」

周氏忙問是什麼法子？

「除了蔬菜，這泡椒還能做雞爪、雞雜，那味道比蔬菜更好，但是做一、兩隻費事，妳若真想做這個生意，就得多花本錢去收雞，要想自己養也可以，但是太累了，還是收著省事些。」

見周氏在猶豫沈思，她又說道：「一隻雞用雞爪和內臟也浪費，剩下的我教妳做滷味，不知道嫂子可吃過？」

這個周氏沒有聽說過。「什麼是滷味？」

林滿說了滷菜的做法，滷菜需要的調味料更多，八角、桂皮、茴香籽不能少，先炒料，炒出香味就放水熬，再放要滷的食材就行了，周氏一聽就明白了。「這不是和茶葉蛋差不多？倒是沒想過這法子用來滷肉吃。」

「一般人家裡的雞，先不說自己捨不得吃都賣出去了，就算殺了的雞大多用來燉湯或者炒著吃，還能多吃兩頓肉味，自然是沒人往這上面想的。」

周氏點點頭，她和林滿聊了一會兒，說自己先回去摸索著試試，畢竟茶葉蛋她只見過別人弄過一次，從沒想過自己動手。

林滿得了空去了趟空間，菜的長勢非常好，她用水桶澆了一遍地，田埂旁那棵奇怪的樹長高了不少，其他倒沒有變化。

她抬眼看向河對面的女神廟，自從上次景賦生來了以後那裡的霧就一直不散，不知道是什麼原因。

她算了下手中這幾日賺的錢，除掉所有開支已經有四十兩存銀，還掉景大娘的十五兩只剩一半，修復女神廟不是小工程，手頭這點銀子是不夠的。

還有沈家的屋子也要修繕一下，這屋子一半瓦房、一半茅草屋，茅草屋那邊早就破敗了，還好現在的季節不會下大雨，不然早就坍塌了。

算完錢後她就嘆了口氣，人家賺錢是越賺越多，到了她這兒怎麼就變成了越賺越不夠用呢？

不用忙地裡的活兒林滿有了時間去做其他事情，趁天黑前她去了趟漁夫家。

漁夫家在蒼山腳下的河邊，除了忙地裡的活兒，一家子還會在河裡打些魚來補貼些家用，林滿做燒烤的魚便是在他家買的。

到了目的地，林滿喊了一聲，就有一個穿著圍裙的年輕婦女出來應聲。「是滿娘呀，聽集上回來的人說妳擺了燒烤攤，生意不錯呢。」

林滿笑道：「是呢，嫂子家的魚也好賣，我想再訂幾條，下個集市再賣。」

年輕婦女是漁夫的媳婦，叫杏娘，脾氣和周氏有些相像，是個溫柔勤快的人。她聽到有生意上門自然是開心的。「那好呢，不過相公和公公去河裡了，要晚飯才回來，妳說說妳要些什麼魚？我記下了回頭和他們說一聲，價格你們談，我是不太懂這些的。」

林滿說了自己要的魚。「鯽魚是要的，這個好賣，鱖魚也要，如果撈上來的有小魚仔也給我裝五斤吧！」

杏娘有些奇怪，鯽魚和鱖魚倒是正常的吃食，那小魚仔沒肉又多刺，炸著吃又費油，要那個幹什麼？

雖然疑惑但她也沒問，滿娘要買總是有用途的，便說回頭等相公回來了就和他們說。

第十九章

林滿和杏娘說完話就離開了，回去的路上碰到一年輕男子，她仔細看了幾眼，正是在鎮上讀書的范齊林。

他匆匆忙忙的，手裡拎著一個包袱，像是剛從家裡出來，兩人迎面撞上，林滿和他打了招呼。「范小子又休沐了？上次你不是才回來過嗎？」

不料她一開口就嚇了范齊林一跳，臉都脹紅了，直到發現林滿才鬆了一口氣，回道：「林嫂子好，我忘了些東西在家裡，回來拿呢，林嫂子我現在要趕著去鎮上，等下次回來再敘吧！」

說完就低著頭走了，眼神都沒有和她對上過。

林滿聽完也沒疑惑，感嘆無論哪個朝代，當學生都苦啊。

今兒回去的路上到處是熟人，這不剛和范齊林說完話，沒走幾步又遇到武巧兒和繡兒兩姊妹，她們揹著背簍，拿著鐮刀，應當是去打豬草的。

她倆雖然都接繡活，本應該是好好保養一雙手的，但農家裡卻沒那個條件，繡兒家境不必說，武巧兒雖然有哥哥在鎮上做捕快，可到底她還是普通百姓出身，家裡有雞鴨鵝豬要養，也得去幹活兒。

兩姊妹邊走邊說著姑娘家之間的悄悄話。「范齊林眼光還是好的，給妳挑的這朵絹花實在配妳。」

「哼，不過就一朵絹花，一點也不上心，邱飲文還知道送妳小玉墜子呢。」武巧兒話裡雖然滿是嫌棄，但嘴角卻是掛著甜笑的，說話的同時還不忘伸手摸了摸頭上的絹花，明明是滿意極了的模樣。

「他家境不好，鎮上讀書有多貴妳又不是不知道，李嬸子一個人將他拉拔大可不容易，哪來的餘錢再給他？讀書本就耗銀錢，他還能攢著點出來給妳買禮物，可見是記得妳的。」

武巧兒聽了小姊妹的話後，小臉反而垮了下來，嘟著嘴道：「他確實哪兒都好，就是他那個娘……簡直不說也罷！上次好不容易等到他休沐見了一面，他娘就跟防狼似的防著我，走到哪兒她都要跟著，我一個清清白白的女兒家，能做出什麼不得了的事情來？簡直狗眼看人低！」

繡兒就勸道：「妳也不要多想，邱大哥來的時候還不是藉著要找我爹編筐子的由頭？不然被人撞見了，在背後嚼舌頭的口水都能淹死妳。」

武巧兒當然知道這個理，可是范齊林一個月才休沐一次，有時候為了準備學堂的考試還回不來，好不容易見了面一句體貼話都說不了，難免憋悶。

她越想越委屈，只好跟小姊妹繼續吐露心裡的苦悶。「後來我倆乾脆不去轉悠了，他送我回家，我爹娘知道他休沐了還特意準備了一桌好酒菜請他們母子倆來吃，桌上他娘話裡話外都覺得我們家是在攀著他們家，氣得我飯都沒吃幾口！」

這下連繡兒都不知道該怎麼勸了，范齊林有本事是不假，但武大叔一家也沒少扶持他們母子，這李嬸子也實在是……不懂禮數了。

林滿聽了一耳朵八卦，想起上次找武大叔租牛車時的臉色，難怪那麼難看，要不是為了女兒的親事，怕是再難聽的話都說出去了，能忍著已實屬不易。

林滿在心裡搖了搖頭，碰見這種婆婆，巧兒以後的日子怕是不太好過，若范齊林是個體貼媳婦的還好，若是事事都聽李氏的，巧兒跟跳入火坑沒有區別了。

她上前正要和兩人打招呼，就聽見繡兒問了一句。「邱大哥說下次休沐就不回來了，范大哥回來嗎？到時候讓他幫忙捎點東西。」

林滿眉頭微皺，方才她才碰見過范齊林，這次回來竟然沒有知會巧兒？

武巧兒搖搖頭，臉色也帶著失望。「也不呢，上次他說這兩個月怕是都不能回來一次，除了學堂要考試，鎮上還有個員外要設宴款待私塾的學子們，那員外據說和縣太爺有點關係，以後難免有多多仰仗他的地方，不好推辭了。」

林滿一愣，忍不住加入兩人的話題。「那宴席可是下個月？員外姓李？」

小姊妹倆說得太認真以至於林滿開了口才發現她在，也不知道她聽了多少，腦子裡面正亂著，下意識地回答道：「嫂子，妳怎麼會知道？」

林滿心裡一驚，總覺得大事不好。

多的話林滿也不敢說，怕要是誤會就不好了，便說她有個酒樓的朋友要去那兒做宴席，聽他說了一句。

武巧兒聽了本想託滿娘讓朋友帶些銀錢給范齊林，若是這個宴席對范齊林有益，怕是少不了一番打點。

林滿想了下沒應，說道：「這銀子不用說，肯定是妳辛辛苦苦接繡活攢的，不如自己留著買點喜歡的東西，再者我朋友是忙著後廚，大戶人家規矩多，前面宴席是進不去的。」

眼前的兩個女子嬌嬌俏俏地站在那裡，聽林滿拒絕了，眼裡有些失望。武巧兒還想再央求一番，林滿實在不忍心，而且她腦子裡面都是剛才碰見的范齊林，猶豫著是否要將他回來過的事告知面前的小姑娘。

過了會兒她開口道：「剛才我看見范齊林剛從家裡出來，還帶了一個包裹，或許已經從家裡拿了銀子了。」

武巧兒當場愣住，嘴唇微張，似乎有話要說卻愣住了，好半天她才反應過來，顫抖著問道：「他走了有多久了？」

「有一刻鐘了。」少女的樣子讓林滿懷疑自己是不是說得過火了，乾巴巴地安慰道：「他的樣子似乎有什麼急事，匆匆忙忙的。」

武巧兒美目緋紅，有淚要流下來，不知是問自己還是他人。「明明已經回來了，為什麼連招呼也不願意和我打一聲。」說完這句話，也不等別人回答，埋著頭繞過林滿，氣沖沖地走了，繡兒連忙追了上去。

兩人腳步邁得快，不一會兒就走得老遠，繡兒勸慰的聲音傳來。「他既然忙得很，等下次回來好好說說……妳不要胡思亂想……」

林滿賣菜的生意已經走上正軌，集上有幾家菜館還特意找上門來訂菜，其中就有曾拒絕林滿的那家。

林滿也算揚眉吐氣了一番，兜裡的銀子越來越多，林滿便去張石匠那裡問了修繕一座廟宇要多少銀子。

女神廟荒廢了那麼久，是該重新建起來了。

張石匠得知是河對面的女神廟時臉色都變了，就像林滿剛買荒地時，村長看她也是這樣的眼神。不過經歷了荒地的事情，張石匠好歹沒有那麼慌張，問她想修成什麼樣的？

林滿道：「原先廟宇什麼樣子我也沒見過，太大的我也修不出來，至少先修個給女神娘娘遮風避雨的地方。」

張石匠估算了一下，修廟宇和修房子不同，頂高底寬，不同於居住的地方，那地板都是要青石板鋪的，房頂也要用青瓦蓋。神像修起來了總要有燒香、燒紙的地方，總不能修起了就孤零零地不管了，沒香火修它幹什麼？一番算下來，就算只修個擋風避雨的小間，算完材料和人工費，怎麼也得兩百兩銀子。

林滿聽完倒抽了一口氣。

她手裡確實有了些銀子，還完帳和留下做生意的本錢也才留了百兩銀子有餘，還差許多。不過還好最近都有進項，她們的酸菜也做起來了，用小罐子密封著，這個賣給酒樓、菜館最好賣，散賣也可以，不過不如酒樓和菜館來錢快。

林滿想著屋裡還有上次在漁夫家買的小魚仔，小魚仔在家裡養了幾日除了死掉的，都是生龍活虎的好魚仔，林滿決定回去就把牠們做成麻辣小魚仔，這個吃食在這個時代沒有，一定能大賣，不過方子她是不打算教會別人了。

她讓張石匠等兩天，讓他先找齊人手，廟宇年前一定要修好，到時候趁著過年還能讓女神娘娘受些香火祭拜。

張石匠答應了，他身邊都是做這行的老友，手藝都不差，這幾天手裡都是空閒的，正好可以接活兒。

林滿敲定了這邊，就回去馬不停蹄地動手處理麻辣小魚仔了。

林滿把小魚放在醋水裡泡了兩個時辰，讓牠們把肚裡的泥沙都吐乾淨，等待期間先把各種調味料準備好。等魚兒們吐得乾乾淨淨了，就開始著手準備。

林滿先把魚洗淨，熱油的時候倒入豆瓣醬炒出香味，再加入魚仔翻炒，她小心地掌握力道，避免把魚兒炒爛，等魚仔熟了就加入蔥薑蒜一起炒，看魚仔熟度再加入醬料、料酒，炒入味了魚仔也熟了，起鍋就成。

平平見著香味就過來了，但因為是辣食，林滿不敢給她吃，哄她說晚上給她做蛋餃吃。

「林嫂子。」

林滿剛用小陶罐收好麻辣小魚仔，就聽見外面有一道年輕的女聲在喊，她一聽就認出是隔壁的桃花。

林滿出門一看，果然是她牽著弟弟柱子來了，他們一家子雖然住得離自己不遠，但接觸實在不多，桃花娘是個重男輕女的，有時林滿隔著牆都能聽見桃花娘對桃花的叫嚷得很。

聲，無非是「賠錢貨」、「沒用的」之類的罵語，見桃花主動來找自己，林滿實在稀奇

「桃花快進來，有什麼事找嫂子？」

兩姊弟剛一進屋就聞見一股麻辣香氣，許久沒沾油葷的他們忍不住吞了一口口水，「咕嚕」一聲在院子裡十分響亮，桃花雪白的小臉一下變得緋紅起來，十分窘迫。

林滿沒笑他們，回身去屋裡舀了一小碗的麻辣魚仔出來，讓姊弟倆分著嚐，桃花今年已經十三歲了，弟弟柱子也有七歲，這個倒是可以給他們嚐嚐的。

桃花不敢接，柱子眼珠子確實挪不動了，但姊姊站著不動他也不好意思伸手，只是眼睛都委屈紅了。

林滿把吃食往兩人面前推了推，讓他們別客氣，姊弟倆這才把手在滿是補丁的衣服上蹭了蹭，伸手拿了一條小魚，一進嘴恨不得整條吞下去，但又捨不得一口就吃完這樣的美味，含在口裡細細品嚐著。

林滿把兩人引到屋簷下的小椅子上坐下，把話題又轉了回來。「桃花，是妳家裡人有誰找嫂子？」

桃花趕忙把嘴裡的吃食嚥下去，眼眶一下紅了起來，淚水盈滿眶，拘束得連小魚都不敢拿了，聲音宛如蚊蚋，委屈道：「嫂子，妳這裡還缺人嗎？」

桃花在地裡幫過一次忙，勤快得很，但是地裡的力氣活越來越多，林滿便沒找她，聽到這裡不禁疑惑道：「怎麼？是妳娘又為難妳了？」

桃花低著頭，手指不安地搓來搓去，緊咬著嘴唇才沒讓眼淚流下來，好不容易把淚意憋回去了，開口道：「昨天晚上我起夜，聽見我娘……跟我哥商量，要把我賣去鎮上，給一個商人做妾。」

小蒼村有個姑娘曾經被費媒婆哄去做了妾，自從那姑娘被接走後就再也沒回來過，桃花自然知道妾是什麼意思。

桃花上頭還有個哥哥，名叫松子，今年已經二十了，只是平日裡遊手好閒，沒個正經，地裡的活兒也不幹，每天不是去跟村裡的混混喝酒要錢，就是去別的地方調戲小姑娘，以至於同村的人都不願意把閨女嫁給他。本來說了一個外村的，那家人不放心男方人品，悄悄來村子打聽，這下松子的惡名連外村都知道了，除非銀子給得多，不然誰願意嫁他？

原主林滿剛嫁過來的時候也被他占過口頭便宜，對他沒什麼好印象。

林滿愣愣地看著她，好半晌才反應過來，不敢置信道：「妳娘是瘋了嗎？妳才十三歲，及笄還差兩年呢！」

桃花抹著眼淚，哭訴道：「可有什麼辦法啊，我哥今年都二十了，還是說不到一門親事，我娘又嫌棄我沒用，不如賣了換成銀子，就算說不到媳婦也能買一個回來，家裡還少口人吃飯，是個穩賺不賠的買賣。」

桃花越說越傷心，從她懂事起就知道自己不受爹娘喜歡，家裡的大活、小活都是自己包了的，若惹得自家娘不高興了，挨頓罵都是小事，不給吃喝再打一頓都有。

想到這裡，她不禁抬眼看了一眼平平，以前她倆的命運多相似呀，可現在林嫂子就跟變了個人似的，對平平好得不得了，小丫頭現在長得白白胖胖，身上的衣服是棉衣吧？還繡著花兒呢，好看極了，哪還有以前面黃肌瘦、膽小懦弱的樣子？

桃花羨慕極了。

桃花收起了啜泣，抹乾淨臉上的眼淚，聲音小小的。「林嫂子，妳這兒還有活的話，給我安排一個好不好？銀錢少給點也沒有關係，我只要能賺錢，就不會被賣了。」

聽完桃花的話，林滿氣得一陣暈眩，這是她第一次明白感受到賣兒、賣女竟然是如此合情合理，桃花那模樣讓她心疼得不行，拍著腿道：「嫂子這兒正好缺人，最近燒烤攤越來越忙，妳來幫忙，只有當集那天忙就行了，其他時候妳來幫嫂子曬菜乾，一個月一百文，逢年過節的，嫂子還給妳包紅包！」

桃花眼紅紅的，不敢相信地看著林滿，活兒就這麼輕鬆找著了？剛才嫂子說一個月多少來著？一……一百文？還有紅包？

桃花好不容易擦乾淨的淚又流了下來，直接給林滿跪下了，頭往地上磕得砰砰直響，口裡激動道：「嫂子妳就是我的救命恩人，桃花給妳磕頭了！」

林滿被這一陣仗殺得措手不及，手忙腳亂地扶起她，讓她別再這樣，好說歹說總算是勸住了。

桃花得了活兒，心中大定，拉著柱子千恩萬謝地離開了。

林滿抱著平平坐在屋簷下，看著姊弟倆離開的身影，愣怔了好久。

她雖然是在離異家庭長大，父親的存在如同虛設，但是她的母親和哥哥為了家確實努力打拚，她的哥哥為了她甚至連上大學都放棄了。桃花這樣的情況，她是無法理解的，這讓她連血液都感到冰冷。

她悶得慌，覺得冷冷的。

她抬眼望著蒼山，此刻雖然入了冬，但山還是蒼翠挺拔，絲毫不見冷意。

一個溫和的笑容突然闖進腦海，讓人如沐春風。

林滿抬頭看著籬笆門外面，她突然想和景賦生說說話了。

第二十章

林滿反應過來的時候發現自己已經站在景家的籬笆門外面了。

她愣了一下，看了眼裡面，景大娘一家應該都在家，屋門全是打開的，林滿低頭笑了下，拉著平平拉開籬笆門走了進去。

平平喊了聲景叔叔，就去東屋了。

景福卿抱著孩子正在逗著玩，自從地裡請了幫工兩人就輕鬆許多，她也有更多的時間陪著孩子。

景福卿拉了凳子出來給林滿。「怎麼這個時候有空過來玩？」

林滿自然不好意思說自己突然想來找景賦生說會兒話，就把心裡的煩悶給小姊妹說了。「剛才桃花來找我想找個活兒做，還告訴我說，她娘想把她賣了給他哥換媳婦。」

景福卿倒是沒有太驚訝，在她旁邊坐下道：「她娘隔三差五就在門口罵桃花，半個村子都能聽見，她能幹出這種事情不奇怪。」

「可桃花才十三呢，她娘怎麼狠得下心？」

景福卿嘆道：「有什麼狠不下心的？不是每個人家的孩子都這麼受重視的，以前我還在京城的時候，身邊的丫鬟、小廝，哪個不是五、六歲就教好再送過來的？不說別的，就說滿娘妳自己不也是被兄嫂賣過來的嗎？」

林滿一時語塞，她倒是忘記這件事了，不過景福卿這一提醒倒是讓她注意起來，自己的身契還不在身上呢，改天要問村長，如何才能拿回身契。

她轉頭看了東屋一眼，裡面傳來平平和景賦生說話的聲音，兩個人聲音都低低的，細水長流般的溫暖，她心中的煩躁不禁也跟著散去。

景福卿注意到林滿的眼神，雙眼垂了下來。「滿娘，妳幫我看一下雙兒，我娘在後屋弄菜乾，我去幫忙，妳把雙兒帶去她舅舅屋裡和平平玩吧。」

先前林滿說曬菜乾的時候，景福卿也跟著動起來，蘿蔔乾、四季豆等等很多東西都能曬乾保存，燉肉十分好吃。

林滿也沒有多想，應了一聲，抱著雙兒去東屋了。

景賦生今天沒有躺著，他肩上披了一件青褐色長衣，手裡拿著書本，看上去精神不錯。平平正拉著他的手問東問西，活脫脫一個十萬個為什麼，虧景賦生臉上沒有一點不耐煩，十分耐心答著平平的小問題。

「為什麼桃花春天才開呀？」

景賦生摸了摸她的頭，眉眼溫和。「因為花仙子春天才來呀。」

「那為什麼花仙子冬天不來呀？」

「因為花仙子怕冷呀。」

「她要是過年的時候來就好啦，過年的時候好多好吃的，我們請她吃好吃的呀？」

「過年不行呢，花仙子怕長胖的。」

景賦生感覺屋裡進來了人，抬眼一看是抱著雙兒的林滿，微笑朝她打招呼。「滿娘來了。」

「嗯。」林滿抱著雙兒在景賦生對面坐下，心裡莫名有點心虛，她眼神移了移，找話題道：「我進來看看平平，免得打擾你休息了。」

景賦生搖搖頭。「不礙事，平平很乖巧。」繼而話題轉到她身上。「今天是過來玩嗎？」

林滿點點頭。「是的，今天不忙，就想過來和福娘說說話。」

「剛才我聽見妳和福娘說桃花的事情，是心裡難受嗎？」

林滿方才和景福卿說話的時候並沒有控制音量，景賦生會聽見也不奇怪。

林滿道：「只是想著桃花是個懂事的姑娘，再過兩年也及笄了，到時候給她說個親事也不難，就這樣把她賣了著實殘忍。」

景賦生問道：「這件事齊大叔可知道？」

齊大叔是桃花的爹，林滿沒想過這個問題，下意識覺得桃花娘和她哥哥都商量好了，賣女兒這麼大的事情，當爹的能不知道嗎？景賦生這一問就讓她有些臉紅，那些好像都是自己的揣測，便如實回道：「我也不知道……」

景賦生看著她泛紅的臉，微微笑道：「我只是聽到桃花娘和她哥哥在商量這件事情，並沒有提到齊大叔，萬一他不知情呢？桃花那一家子的事情我多多少少也知道點，齊大叔為人雖然冷了些，但對桃花沒有打罵過，或多或少還有些父女情在。」

林滿明白了他的意思。「你的意思是，讓桃花找她爹？」

景賦生點點頭。「可以一試。」

林滿倒是想為桃花做點什麼，只是在這個買賣兒女都是合法的年代，她作為一個外人實在沒有法子，總不能衝到人家家裡去搶人吧？

聽了景賦生的主意她就想試試，她心思沒有景賦生這麼細膩，倒是沒有注意到這些細節。

心裡有了主意，林滿也安心點，臉上的愁悶一掃而空，和景賦生聊著天。「我給桃花找了一份活兒，讓她陪著我去集上賣燒烤。」

景賦生眼角都彎了。「滿娘很心善，但是有時候心善不一定是好事，妳或許是覺得做得對了，但有些人卻不會這麼覺得，或許還會在背後捅妳一刀。」

林滿聽了他這話瞬間就不開心了，不滿道：「景大哥為何這麼說？桃花不會這樣做的。」

為何？

景賦生鬆開平平捏著的手，用修長消瘦的手指攏了攏身上的大衣，似乎有點冷。因為啊，他們一家就是這樣敗下來的。

女人明豔俏麗的身影在眼前晃盪，她緊貼著高大男人的身子，吳儂軟語。「王爺，奴家自知對不起姊姊，以後萬不可再如此了……」

男人將她摟得更緊，呼吸越發急促，聲音都是沙啞的。「妳才是本王的心頭所愛，她一個和外人私通的毒婦，理應處死，還有何臉面說我們對不起她？」

女人格格笑著，吐氣如蘭，唇間如抹了蜜般，說出的話卻是冰冷無情。「王爺，可是……咱們沒有證據呀？」

「那就給她製造出一點證據來……」

女人的眼淚一下流了出來，我見猶憐，似懺似悔。「姊姊待我情如姊妹，我卻不忍心讓姊姊揹此惡名呢，不如讓奴家先與姊姊說說，讓她自請下堂，就算青燈古佛相伴一生也好，奴家實在不忍讓她丟了性命。」

男人眼中柔情越發深情。「我的好蘭兒……」

室內，一片讓人作嘔的歡嚶。

那時候的他已被下了毒，鎖在那間屋子的暗閣之中，說不了話，出不了聲，宛如板上待宰的魚，做不了任何動作。

景賦生周身的溫度降了下來，林滿莫名覺得有點冷。她看見年輕男子的眼裡有什麼東西在復甦，讓人陌生不已。

林滿的胸口突然有點空盪盪的，那一剎那，景賦生平日的溫和形象宛如海市蜃樓，只是美好的幻影。

「景大哥？」她試著喊了一聲，試著想抓住點什麼。

景賦生微微抬起頭，精神不大好的樣子，眼中的情緒已經斂去，又是那個溫潤如玉的翩翩公子。

林滿突然福至心靈，問了一句。「景大哥，你是在想你的仇家嗎？」

景賦生睫毛顫了顫，跟林滿說話的語調像是在討論今天要吃什麼。「我說是，滿娘會不會害怕？」

「為什麼要害怕？」

景賦生伸出手，指向東方，本想說點什麼，又臨時改變主意，搖了搖頭，又笑了起來，一如既往的溫柔。「現在不能告訴滿娘，以後再說給妳聽吧。」

冬天的微光從他身後的窗戶打在他身上，連臉上細毛都照得清清楚楚，更顯蒼白，彷彿隨時都會登仙而去，周遭的一切都與他格格不入，落寞又孤獨。

林滿能察覺出景賦生藏了許多心事，或許是景大娘和福娘都未能理解的。

從雲端跌落到泥裡的年輕男子，將一切都藏在腹中，不時一個人拿出來細細品嚐，卻又做不出更多的動作來。

那種有心無力，林滿奇異地與他相通了。

她脫口而出。「景大哥，你是想報仇嗎？」

第二十一章

景賦生聽林滿這樣問，臉上的神情變得淡淡的，他眼神看著別處，似乎是在想要怎麼回答這個問題。

過了一會兒，他看著林滿，回道：「是的，我想報仇。」他語氣不重，但林滿還是聽出了他話中的堅定。

景賦生見林滿沒有說話，問道：「滿娘覺得我這個樣子很嚇人？」

林滿搖搖頭道：「並沒有，世人悲歡不與共，我沒有經歷過景大哥的事情，無權去談論什麼，只說我自己，如果經歷了大苦大深的仇，肯定是會記得的，有仇不報非君子，景大哥會想報仇也是理所當然的。」

景賦生的面上終於又重新揚起了笑容，只是眼底深處還藏著一抹落寞。「是啊，只是可惜，我這身子卻不是報仇的料。」

林滿見他情緒低落，安慰道：「俗話說，天將降大任於斯人也，必先苦其心志，勞其筋骨，這是老天爺給你出的考題，所以景大哥要快點好起來才行。」

景賦生的嘴角帶了點興趣。「滿娘讀過書？也知道這句話？」

林滿模糊道：「我爹以前是秀才，聽他聊過。」更多的便不再說了。

原主爹是秀才不假，但是並沒有教育過原主，她在家中並不受寵，這些在原主娘家一打聽就能得知，林滿自然不敢講太多。

景賦生也不再問，點點頭道：「原來如此。」

屋裡正說著話，忽然聽見屋外有誰在喚，似乎喚著林滿，但是景福卿出門應了，她便沒有出門，側耳細聽了一會兒，彷彿在說什麼哥哥、嫂子，林滿還在想出了什麼事，景福卿就推門進來了。

她臉色有些不大好，還有一抹擔憂。「滿娘，妳娘家兄嫂來了。」

無論是原主還是現在的林滿，對她娘家的兄嫂都沒有什麼好印象，為了一點銀子，連親妹妹的終身大事都不顧，還有什麼親情可言？

他們現在來找自己，林滿可不會天真地認為是來敘什麼兄妹情深的，她最近賺了些銀子，賣菜的名聲也在外面打出去了，恐怕她兄嫂是聽見風聲，所以趕來了。

她點點頭，拉著平平，給了景福卿一個安慰的眼神道：「好的，我回去看看。」

「滿娘。」景賦生叫了她一聲，眼中也隱隱約約有著擔憂，對她道：「平平留在這裡吧。」

他只開口說了一句話，但林滿卻明白了他的意思，萬一她兄嫂看不慣這孩子，或者對這孩子打著什麼主意，怕她應付不來。

林滿對他感激一笑。「沒有關係，兵來將擋、水來土掩，是福不是禍，是禍躲不過，我自己心裡有分寸的。」

景賦生見她如此，便不再勸，對妹妹道：「妳跟著一起去吧，如果有什麼事就趕緊回來跟我和娘說，我們多個人也多個法子。」

景福卿趕忙應下。

林滿這下終於忍不住笑了出來，那對兄嫂的名聲看來景家兄妹也是知道的，景賦生這表現簡直比自己還要緊張，她不由得再安慰道：「不怕的，我不是以前任人拿捏的林滿了，難道還怕他們殺人放火不成？」

她這麼一說，景賦生也察覺過來自己反應過度，便歇下了紛亂的心思，最後只囑咐了一句小心。

林滿到底沒讓景福卿跟過來，畢竟是自己娘家的事情，不想讓景福卿摻和太多。她記憶中那對兄嫂可不是嘴下留情的人，福娘一個在娘家帶孩子的人，就算是正常和離，在她兄嫂嘴巴裡也不知道會吐出什麼難聽的字眼。

告別景家兄妹，在回去的路上林滿和平平說著話，讓她待會兒自己去屋裡玩，沒有娘的允許不可以出來，不然晚上就少吃一碗蛋羹。

或許是以前吃食虧欠得厲害，平平現在天天晚上都要吃一碗蛋羹，人還不嫌膩，嘴巴裡面正想著，於是趕忙點頭乖乖也應了。

還沒到家，老遠就聽見自家門口一陣哈哈大笑，似乎有人聊天聊得正愉快。

林滿微微皺眉，這聲音於她又熟悉、又陌生，正是原主的兄長，林路長。

那林路長旁邊站著一個身材圓潤的婦人，她面若玉盤，鼻梁高挺，唇似朱丹，盤髮上插著簡單一支銀簪，看著也算是美人胚子一個，只是可惜那雙眼睛太過狹長，眼珠子也不安分，滴溜溜的寫著算計，毀了那一張姣好的容顏。

這女人林滿沒有見過，細想了一下，原主的嫂子並不是這般模樣，但這人與原主的嫂子有幾分相像。

跟著他們來的還有另一個頭戴大紅絹紗的人，這人林滿倒是熟悉了，見到她嘴角就不禁露出一絲冷笑，不是冤家不聚頭，正是心心念念在打她主意的費媒婆，她掃視了一圈，不見自己的嫂子。

林滿上前從幾人面前直直走過，像是沒看見他們一般，開了門。

林路長見到林滿心中本是一喜，但見林滿無視他，頓時不悅，先前費媒婆讓他好好說話的囑咐全拋得遠遠的，對前面纖細的人影大喝道：「妳這什麼規矩？見到自己兄長連招呼都不打？真是嫁了人越發不懂事，賺了點錢就目中無人了嗎？」

林滿站在籬笆門口，回頭看著滿臉氣急敗壞的兄長，心中嘆道她這個哥哥的脾氣真是越來越差了，臉上還是冷冷淡淡的，只道：「要進來就進來，不進來就回去，不送。」

「妳個混帳！」林路長一下跳了起來，口中的唾沫都飛了出來。

他本想著，自己這個妹妹的第二任丈夫已經死了，又成了寡婦，還帶著一個拖油瓶，日子本應該越過越艱難，到時候走投無路還不是得回娘家找自己幫忙？他都和自己婆娘商量好了，如果林滿再回來，那名聲再賣給別人做媳婦怕是不成了，養一養，再哄一哄，到時候賣去勾欄院也能得個好價錢，他妹妹好容貌，就算已經嫁過兩次人了，但價格也還是不低。

可誰想到，這丫頭竟然生生熬了過來，寧願帶著個拖油瓶過日子，本來只要跟他們沒關係也懶得管她死活，不過前幾日他一個同鄉來小蒼村辦點事，卻聽說林滿現在發達了，有了一塊寶地，還辦起了什麼燒烤買賣，那同鄉親眼所見，那買賣攤子人山人海，擠都進不去，銀子就跟流水一樣嘩啦啦的進了兜裡，可不得了！

林路長本來不信的，自己妹妹他還不了解嗎？肩不能挑、手不能提，讓她幹個活兒就跟要了命似的，以前仗著自己長得好，還嚷嚷著非要嫁城裡去，做著青天白日夢呢。

但同鄉的話就跟螞蟻似的，老在心裡鑽來鑽去，癢得厲害，這萬一是真的呢？

他左思右想，翻來覆去睡不著，後來還是自家婆娘說這麼折騰自個兒何必？費一天時間跑一趟小蒼村不就知道了？反正現在也沒有什麼事，如果那丫頭發達了，記得讓她幫幫娘家，他們林家辛辛苦苦把她養這麼大，沒得發達了還不記得恩情的。

林路長覺得自己婆娘說得有理，況且自己剛得了兒子，以後有的是花錢的地方，林滿作為孩子的親姑姑，怎麼也得表示一點才是。自己婆娘正坐著月子不方便出門，這事又等不得，他婆娘牛氏便讓男人去找自己娘家妹妹——小牛氏，跟著一起來了。

林路長罵完林滿混帳後就被小牛氏扯了衣角，遞了眼神過去，現在可不是跟她耍威風的時候。

小牛氏警告完林路長，轉眼對林滿笑道：「林滿妹子不認識我吧，我是妳嫂嫂的妹妹，虛長妳一歲，按理妳該叫我一聲牛姊。」

別說林滿，就連原主也沒見過小牛氏，她兄嫂成親不久後她也跟著嫁了人，自然是不認得的。

林滿禮貌地喚了聲「牛姊」，頓了下又問道：「牛姊離我們小蒼村也不近吧？這大老遠跟著跑過來，不會想說是替我嫂子來看望我吧？」

小牛氏正是打的這個藉口，被揭穿也臉不紅、心不跳，順著說道：「正是，妳嫂子前不久給妳生了一個白白胖胖的大姪子呢，現在正在坐月子，不然也是要跟著一塊兒來看妳的。」

她的眼神接著看向林滿懷裡的平平，小丫頭頭髮是林滿慣常綁的雙丫髻，還綁了粉色的小絹花，墜了兩個小鈴鐺，現在她長了許多肉肉，大大的眼睛在白嫩嫩的臉上顯得十分可愛，整個人白白胖胖猶如一個小團子，十分可愛。

小丫頭見小牛氏看過來，害怕得往林滿懷裡縮了縮。

小牛氏讚道：「這是沈家的女兒吧，被妳養得這麼可愛，說明妳日子好過了，妳嫂子若是知道也安心了。」

林滿沒有揭穿小牛氏的鬼話，看了一眼旁邊的費媒婆，轉身進了屋。

林滿冷淡的態度幾人當然看得出來，但想想今天的計劃，也就忍了下來。儘管林滿沒有招呼，三人還是跟在林滿後面進了屋，林滿進了自己睡的西屋，那三個人也跟著進來了，她也不阻止，知道幾個人打的什麼心思。

林路長和小牛氏一進屋就東看西瞧，這裡摸摸、那裡拍拍，然後發現這屋不只是看著窮酸，是真的窮酸，除了床上那棉絮被套是新的，其他真看不出來哪裡是賺錢的模樣。

林路長心裡冷哼一聲，只覺這妹子是長了一點腦子，還知道財不外露了！

林滿放下平平，給她拿了幾樣小玩意兒讓她自己在屋裡玩，就帶著幾人出屋。

屋簷下放著幾張凳子，林滿隨意挑了一張坐下，另三人跟著圍著她坐下，林滿連碗水都懶得倒，冷淡的態度顯而易見。

林路長坐下後，看著氣質、容顏越發好的妹妹，心裡算盤打得噼啪作響，想著費媒婆在路上說的話，臉色不禁帶出一絲激動的紅暈，因林滿惹起的那點不快都跟著煙消雲散了。

他擺出兄長的姿態，率先開了口。「這次來，我們是接妳回家的。」

林滿立馬抬起頭，這又是唱的哪齣戲？

第二十二章

林滿心中雖然驚訝，但面上不顯，只帶了些疑惑。「哥哥這是做什麼？」

林路長面色悲戚，哪還有先前來時的囂張跋扈？看著林滿盡是關懷，就連語氣都愧疚起來。「妳受了這麼多苦，兄長卻不能為妳做些什麼，咱們爹娘去得早，我倆能平安長大也實屬不易，我成親後對妳也沒有多加關心，妳嫂嫂好不容易又有了孕……讓妳婚事坎坷成這樣，實在是無顏見妳！」

林滿順口道：「哦，那你回去吧。」

見自家妹子根本不按套路來，林路長肚子裡的氣一下鼓脹起來，胸口上下起伏，臉上的悲憫愧疚悉數不見，雙目瞪得圓圓的，眼見又要發作，一旁的小牛氏趕緊出來打圓場，她笑咪咪道：「滿娘怎麼能這麼說呢？妳哥哥不辭辛苦過來看妳，妳別寒了他的心。」

林滿頓時樂了，看向兩人道：「爹娘去得早，我倆長這麼大應該感謝大姊，是她天天給人縫補舊衣裳，養雞養鴨才把我倆拉扯大。哥哥成親後有自己的家要顧，我畢竟是出嫁女，不用管我也是理所應當，現在也不用繼續管我。我尋思著我們家也不算大富大貴之人，嫂子懷了孕也用不著人參、燕窩地養著，賣我的那五兩銀子也該夠用了吧？怎麼？這麼快就用完了？」

林滿頭上還有一個長六歲的大姊，只不過在自己還小的時候就遠嫁了，到現在都沒有音信，也不知道過得是好是壞。

她也不等兩人回答，繼續道：「哥哥話裡話外說著自己不容易，那滿娘怎麼能再回去給哥哥添麻煩，再者賣身契還在村長那兒管著呢。」

一番話說得林路長一佛出竅、二佛升天，不過幾月不見，嘴巴功夫倒是長進不少，他死死咬著牙才沒當場發作，林滿那五兩銀子哪裡夠用？早被自己和牛氏揮霍掉了，且不說要過年了裁的那些新衣、新褲、新鞋子，牛氏懷孕時吃的都是白米乾飯加肉，自己兒子出生了自然也要請個月子娘好好供著，五兩銀子夠用多久？自家妹妹沒過過好日子自然不知道其中滋味。

得虧林滿不知道林路長想啥，不然怕當場一掃把就轟出去了，她出嫁前林家還有三畝旱地、兩畝水田，林家現在就兩大一小三口人，只要肯下地怎麼樣都不會沒有得吃，她哪裡能想到自家兄長嫌地裡活累，早就把田地佃給同鄉人了，自己就靠一點租金過日子。

林路長緩了半天才緩過來，故作關心的話語實在說不出來，硬邦邦道：「妳還年輕，不能一輩子這麼毀了。」

這話怎麼都聽不出是兄長對妹妹的關心，倒像唸課文一樣，林滿終於沒了耐心，直言道：「哥哥到底想做什麼就直說吧，這麼繞來繞去想讓我回去，為我好？你自個兒都不信，也就別指望我信了。」

小牛氏見氣氛又開始不對，趕忙出來道：「滿娘可真錯怪妳哥哥了，不只妳哥哥，連妳嫂嫂也指望著妳回去呢，聽說妳二次守寡心裡不知道多難受，那時她挺著個大肚子哪裡都去不得，現在坐月子想起妳都還要掉眼淚，怎麼也勸不住，這以後怕是要落下病根嘍！」

林滿抬眼看著小牛氏，這人比她哥的嘴巴索利地不是一點、半點，不過話裡有幾兩是真的就有待考證了，轉眼還給她扣了頂害嫂嫂落病根的帽子，以後她那嫂嫂沒事都變成有事了，妳嫂嫂因為妳落下病根，妳可不得侍奉著？

林滿差點就被氣笑了，扯歪理誰不會？

「她自個兒要哭關我什麼事？是我讓她哭的？牛家姊姊這頂帽子扣下來，滿娘可戴不起。」

小牛氏的臉色也不好看起來，這林滿油鹽不進，既然敬酒不吃，那就別怪他們上罰酒了。

小牛氏眼中閃過一抹戾色，但臉上還是笑咪咪的，語氣也十分柔軟。「妳哥哥說得對，滿娘不能一輩子就這麼毀了，方才我們在路上碰到費嬸子，她給妳說了門好親事，妳哥哥、嫂子已經同意了，這次來主要是接妳回去，擇個好日子就嫁了。馬掌櫃雖然年紀大了點，但年紀大知道疼人啊，妳後半生也無憂了。」

林滿頓時明白了，她就知道黃鼠狼給雞拜年沒安好心，見三人一塊兒來的時候就知道沒什麼好事。

她冷笑一聲。「我哥哥、嫂子同意了？」

「同意了、同意了，父母之命，媒妁之言，林娘子爹娘早已不在，俗話說長兄如父，這下就算是三嫁，林娘子也是名正言順，不用擔心他人說三道四。」一直在旁邊沒說話的費媒婆終於開了口，眉眼都是笑，這林滿是個硬骨頭不好啃的，她已經在她這裡吃過兩次虧，正在愁怎麼才能讓林滿同意這門親事，沒想到峰迴路轉，遇到了來找林滿的林家人。

說來真是巧，費媒婆回小蒼村的時候正好碰上問路的林路長和小牛氏，聽到林滿兩個字她就多留了個心眼，上去跟兩人搭話才知道是林家人。

林滿一個被賣的女兒家，以前在村裡差點病死的時候都沒人管，現在賺錢的名聲打出去了，這親戚就找上門了，費媒婆什麼人沒見過？腳趾頭都能想到是來幹什麼的，當下就去搭話，透露出集上的馬掌櫃託自己給林滿說媒，禮金豐厚，可惜林娘子不願意，如果有家人說合的話，想必林娘子沒有理由可拒絕。

說到禮金的時候，費媒婆適時地比出了一個五。

林路長隱隱有些心動，但又覺得五兩銀子太低，自家妹子那張臉賣去樓子裡也不只這個價。費媒婆見林路長的神色不大樂意，嘴角壓了壓，這人真是不知足，想著只有自己少賺點，林滿要是嫁不出去，一分錢也賺不著。

「五十兩銀子，林家人也不願意？」

林路長和小牛氏當場就吸了一口氣，臉上哪還有半點不樂意？眼睛都發著光，一聽說林滿不樂意，那神情恨不得立馬綁了親自送去！

如此，雙方一拍即合，大家都有得賺，一塊兒上了沈家。

林滿雖見一雙雙眼睛看自己就跟看銀子似的，只可惜呀，他們是如不了願了。她帶了幾分好笑地提醒幾人。「哥哥或許已經忘記了，我已經不是林家人了，自從我的身契交到沈家人手裡，我就是沈家人了。」

林滿努力回憶著原主的經歷，繼續道：「方才也跟你們說過了，我的身契在村長那裡，沈郎和婆母臨死前囑咐過我，要拿回身契再嫁人也不是不行，但必須得將平平撫養成人，村長是做了見證的，你們也別打再把身契買回來的主意，這身契我不想拿回來，誰也沒法子。」

說完這番話，她心中還是佩服沈家想的法子，不拘著原主是否再嫁，也讓沈家唯一的血脈能夠活下去，只是沒算準原主只顧自憐自哀，覺得世間萬事不順，白白葬送了自己，若不是林滿過來了，平平怕是沒了以後。

林路長哪能就這麼放棄？五十兩白銀在眼前卻吃不著，那比挖了他的心還疼。

他終於再忍不住，站起身怒道：「我倒要去找你們村長說道說道，自個兒家的事，他有什麼資格摻和進來？我林路長和妳林滿才是血親，我要妳嫁就嫁，誰敢管試試！」

第二十三章

俗話說，樹不要皮必死無疑，人不要臉天下無敵，在銀子面前要什麼信諾？好好的舒坦日子不過，非要守著著破破爛爛的房子還帶著拖油瓶，林路長覺得自己妹子簡直不識好歹！

他冷哼一聲，死死地盯著林滿，若自己妹子敢說一個不字，他就立馬捆了她！

林滿回頭看了眼西屋，那裡面剛剛傳來細微的響聲，平平應該是被嚇著了，但想著娘親的話又不敢亂出來，小人兒現在肯定害怕極了。

她站起身子，最後一點耐心終於耗盡，她直視著林路長的眼睛，神色冷冽，嘴唇緊抿，下巴微微揚起，根本不把眼前這位哥哥放在眼裡。「你林路長，又算個什麼東西？」

林路長暴躁怒叫。「我是妳哥！」

「哥？」林滿往前走了一步，將林路長逼得後退一步，語氣好笑道：「把妹妹賣了的人有什麼資格當別人哥哥？我已經不是以前的林滿，既然你非要撞上來，那我就要好好跟你說道說道。

「你無視我的賣身契想要我再嫁人？那好啊，賣身契是里正和官府蓋了印的，你去找里正和官老爺，對他們說今兒個是你林路長說了算，其他人說了不作數，你敢去嗎？嗯？

「我二嫁沒多久又守寡，娘家人可問過一絲半毫？怎麼偏偏這麼巧，我買了地沒多久，娘家人就想起我了？你別裝什麼兄妹情深，也就騙騙你們自個兒，當個螞蟥想來吸你妹妹的血，但我的血卻不是那麼好喝的。林路長，你可真是讓人噁心啊……」

林路長看著自家妹妹不只眼睛，連嘴角都帶了鄙視。

她在歧視他，彷彿他就是那街上捧著缺口碗的乞丐，敲著棍子走到她面前，口中喃喃道「客官行行好」，她不屑，也不吃他這套。

林路長感到羞辱，林滿的話在他耳邊不斷迴響，此刻他終於反應過來，林滿已經賣出去了，是官府正兒八經過了文書的，不必再聽他的話了，他動不了林滿。

林滿這氣勢不只嚇住了林路長，就連一旁的費媒婆也出了一層冷汗。她總想著，林滿身契不就是銀子的事？多花點錢買過來不就行了？不管誰捏著，都不會跟銀子過不去不是？但林滿前前後後那一番話讓她明白了，身契雖然是村長捏著的，但他只是答應沈家監管著林滿，無權買賣。

只要林滿不願意，誰也動不了那身契，就算林滿願意，也要看村長放不放人，少一樣都不行！

費媒婆心中大呼可惜，也恨自個兒白白在林滿身上浪費這麼多時間，回頭還是勸勸那馬掌櫃，林滿這兒是成不了了。至於景福卿？她壓根兒就沒打算去說合，人家什麼都不缺，圖啥嫁給你？圖你年紀大兒孫滿堂？一來就當便宜奶奶？

費媒婆自個兒在心中都忍不住笑了。她用手絹摀住了嘴，待笑意過去了，笑咪咪對林滿道：「林娘子，我家裡還有事，今天就先回去了，以後再聊。」

林滿冷笑道：「費嬸子不再坐會兒？妳剛好和我哥去官府那邊看看，畢竟蓋了印的文書對你們來說也不算什麼。」

費媒婆的笑容僵了一瞬，林滿這塊骨頭看著嫩實在硬得很，咬一次就要硌牙半天，她當初真是迷了眼了覺得她好擺弄。

「不了、不了，你們兄妹聊。」費媒婆說完不等林滿回應就奔出了門，肥碩的身子在空中一顛一顛，彷彿身後有惡犬在追。

小牛氏見費媒婆說走就走了，只留他們兩人在這兒對付林滿，心中大急，畢竟是她先開口說禮金的事，還有……還有其他的計劃沒做呢，怎麼說跑就跑了呢？

她轉頭又見林路長面色又紅又白，瞪著林滿說不出一句話，無奈她又只好出來打圓場，強扯出一抹笑意。「滿娘，妳怎麼能這麼說妳哥哥，一個男人成了家就不得自由了，本來就是聽說妳過得不容易想帶妳回去，正兒八經風風光光地嫁人，妳看看妳這鬧的……」

小牛氏觀察著林滿的臉色，見她沒有阻止自己，膽子便大了些，硬著頭皮繼續心裡的計劃。「妳兄嫂還商量過了，妳不想嫁人也可以，自己過得開心就好，一家人和和美美的，妳那塊地和生意也有人幫襯，請外人畢竟不放心……」

呵，終於來了。

林滿的眼神終於看向了小牛氏，這三人前後總圍著說服她嫁人，這應該是和費媒婆臨時通好氣的，而自己的兄長和小牛氏，其實一開始是打著地和燒烤攤子的主意吧，說什麼接她回家，不過是想等她回去了拿捏住她，聽他們擺布罷了。

「牛姊可能不知道。」林滿轉過身子看著她，目光灼灼，彷彿能看透人心，他人肚子裡打什麼算盤都能摸清一二。「那地是我和別人一起買的，可不是我一個人說了算的，至於我的生意嘛，請外人當然比你們放心，畢竟外人給夠工錢就可以，然而所謂的自家人……只想當螞蟥吸血，我養不起呀。」

小牛氏的臉皮再厚也禁不住林滿這樣直直地指罵，玉盤臉脹得通紅，胸口上下起伏，腦子裡面直罵自己多管閒事！她真是信了自己姊姊的蠢話，說什麼夫家妹子沒頭腦好糊弄得很，現在她日子不好過，說點好聽的話自然而然就跟著回來了，事成之後那燒烤手藝讓她也來學，真是沒影的事虧自己還當了真！

小牛氏氣得不輕，恨不得學費媒婆一走了之！

林滿看著兩人的神色，見他們鬧不起來了，便重新坐下，語氣淡淡的，甚至帶點疲憊。「你們回去吧，各過各的日子，誰也別來打擾誰，從林滿被賣了的那刻開始，就沒有娘家人了。」

林路長終於反應過來了，聽了林滿的話雙目充血，整個人又活了過來，怒道：「妳想擺脫林家？先看看自己有幾斤幾兩！要我回去可以，拿出一百兩銀子來，不拿我今天就住在這兒，吃妳的，喝妳的！讓妳的左鄰右舍看看，妳林滿發達了就忘了娘家，要餓死兄嫂，忘恩負義的東西！」

林滿氣得簡直想大笑幾聲，林路長畢竟是一個成年的壯男，她硬鬥絕不是對手，乾脆破罐子破摔。「要錢沒有，要命一條，那你就住著吧！」

她說完這句話，便轉身回了西屋，一進門就看見在床邊坐著的小平平，淚眼汪汪的看著門口，忍著不敢哭的模樣。見到林滿進了屋，一下從床上滑落下來，邁著小短腿撲進林滿的懷裡，小聲地喚著娘。

林滿心疼極了，邊應聲邊抱起平平，輕輕拍打著她的背安慰她，對她道：「我們去找妹妹玩好不好？」

平平點點頭，乖巧地趴在林滿的肩膀上。

林路長跟著進了屋，眼睛一眨不眨地看著她，就想看看她要做些什麼名堂。

林滿沒有管他，越過他抱著孩子出了屋子，門窗也不鎖，直直朝景家方向走去，結果還沒走出幾步，就看見對面來了三個熟人。

景福卿攙著景賦生正走向這邊，狹隘的鄉間小道後面跟著的是桃花。

林滿一下明白過來，他們吵鬧聲太大，桃花定然聽見了，她也知道自己和景家關係匪淺，忙跑著去搬救兵了吧。

她還來不及感動，景賦生就看見了她，朝她招招手，笑容溫和，如春風過境，林滿心中的疲憊和怒意一掃而空。

「滿娘過來。」

林滿又回了自個兒家，後面跟著景家兄妹，桃花達到了目的就跑回去了，畢竟她在家裡一堆活兒也不得空。

林路長看著他們，一個女人，一個病秧子，難不成這是她的幫手？真是笑掉大牙了。

「我的好妹妹，妳日子再難過，也不必和一個半死不活的病秧子搭伴過日子吧？」

林路長呵呵笑了幾聲，話語裡的譏諷調笑顯而易見。

林滿美目圓睜，還來不及開口就被景賦生搶了先，他依舊是溫和的模樣，說道：「林家兄長久聞大名，我們整個村子都聽說過你的大名呢。」

林路長這下好奇了，問道：「你聽說什麼了？」

景賦生被林滿扶著坐下，略緩口氣了才道：「滿娘剛嫁過來時，我們就知道她有一個將她賣了五兩銀子的哥哥呢，都說你為妹妹著想，怕她二嫁不好嫁，找了個沖喜的由頭嫁給沈家，若沈郎身子好起來，滿娘日子也好過，若沈郎去了，那也是他身子本就不好，與滿娘也無關的。」

說完一長串話，他又歇了一下才繼續道：「真是好哥哥啊。」

一席話怎麼聽都是誇林路長，但仔細一品又不是那味兒，林滿聽完差點沒笑出來。景賦生肯定是聽見了林路長要賴在她家的話，明面誇著林路長為林滿著想，但其實是說林路長賣妹求榮全村都知曉了，說什麼「發達了就忘了娘家，要餓死兄嫂，忘恩負義的東西」，這話騙騙無知路人還行，村子裡面誰信你？你就別靠著這個威脅人了。為了五兩銀子就把自個兒妹妹賣掉給別人沖喜，可不就是明擺著不管死活了嗎？最後那句「真是好哥哥啊」可謂十足十的諷刺。

林路長也回過味兒來，今天被林滿氣得夠多了，現在反而冷靜得很，只冷冷哼了一聲。「關你什麼事？怎麼？一個病秧子真想和我妹妹過日子？拿出一百兩，我就讓她嫁給你。」

「林路長，你不要太過分了！」林滿又羞又氣，頭皮都發麻，亮晶晶的雙眼變成了血紅色，宛若一隻小狼崽，隨時會衝出去咬人一口。

「滿娘。」景賦生猶如馴獸師，語調輕緩地喚著她的名字，舒緩著她的情緒，若不是男女有別，他定是要拍拍她的頭的。「不要氣。」

景賦生的話讓林滿冷靜下來，她站在一旁，不再開口。

景賦生看向林路長，眼底閃著不明的光，嘴角的笑意似有似無，看不真切。「我這兒倒是有一百兩銀子，就看林兄願不願意拿了。」

林滿猛地看向景賦生，而對方也正望向她，給了她一個安慰的眼神，林滿那句「你瘋了嗎」便憋在喉嚨中。

林路長本來就是獅子大開口，一百兩銀子不過是他開的高價，本想著林滿講講價降個二、三十兩也能接受，誰承想居然真的有冤大頭上鉤？當時心便怦怦地跳個不停，就連之後一直看戲的小牛氏也不能平靜。

林路長雙眼發著光，三步併成兩步跨到景賦生面前，若不是林滿眼疾手快擋了一下，只怕景賦生連人帶椅都被撞倒了。

「錢呢？拿來！」

景賦生靠著椅背，這樣抬頭說話才能省些力氣，他眼神晦暗不明，一字一頓道：

「一百兩，我簽你賣身契。」

此話一出，屋子頓時一片安靜。

第二十四章

林滿腦子裡面咯咯作響，好一會兒才反應過來，她雙目圓睜，看著面前的人，若不是太過於震驚說不了話，那句「你瘋了嗎」又差點脫口而出。

景賦生轉頭便看見林滿的表情，眼睛滴溜溜的，嘴唇因為訝異而微張，看起來有些傻乎乎的，他忍不住笑了起來，下意識地朝她眨了下眼睛。

長睫毛如蝶翼般翩翩起舞，林滿莫名紅了臉，移開了目光。

那邊林路長也從震驚中緩過來，目光閃爍著糾結與渴望，既想要那一百兩銀子，又不想犧牲自己的自由，於他來說可謂兩難。

小牛氏想勸點什麼，但覺得現在的情況已經不受她控制了，就算她勸了林路長拿一百兩銀子，也未必有自己一份，先前兩人是有合作，分銀子是應當的，現在可是拿他自個兒的身家性命去換，她不會覺得林路長是那樣大發善心的人。

小牛氏心中疼痛不已，本來覺得自己可以分得一杯羹，現在卻連油腥也沾不著。

景賦生一直觀察著林路長的表情，見他神色有所鬆動，便開了口。「林兄考慮得如何？」

林路長聞言看著景賦生，眼中還有所懷疑，一百兩什麼概念？有些人家不吃不喝一輩子都攢不出來，他仔仔細細地打量了景賦生，見他穿著也不過是普通人家，還有一身的病，這樣的人能有一百兩銀子？他不禁有些懷疑。

「我不知道你是哪位，不過看起來你也沒什麼大本事，能拿得出一百兩銀子來？」林路長半瞇著眼睛，連眼尾都充滿了懷疑。

景賦生示意旁邊的妹妹，對她道：「福娘，拿出來。」

景福卿從懷裡拿出早就準備好的銀子，用粗布花絹仔細包著，她打開布包，裡面躺著五塊整整齊齊的二十兩整銀，銀色在陽光下越發奪目，林路長與小牛氏的眼睛就再也挪不開了。

林滿看著那雪花白銀，心中疑惑更甚，這景賦生明顯是早就準備好了的，他難道還會掐指算命不成？

林路長忍不住嚥了口水，但尚有一絲理智，可是說話卻沒什麼力氣，乾巴巴的，哪有先前的囂張。

「你……一……一百兩買我做什麼？」

景賦生笑道：「林兄放心，自然不會讓你做大逆不道的事，不過是家中只有老弱病小，實在缺個像林兄一般的勞壯力，我妹妹現在也與滿娘一道做著生意，家中瑣事更加忙不過來，添人是早晚的事。」

林路長聽到這裡心裡就已經鬆動了幾分，目光閃爍得更加厲害。以他妹妹那如花的容貌，就算是馬掌櫃要娶她，他能得的也不過是五十兩銀子；而自己大字不識一個，就算有人要買他也不過二、三十兩，怎麼都比不過眼前的一百兩銀子。

一百兩，那可是一百兩啊！

林路長呼吸都急促了。

景賦生繼續添了把柴火。「本來聽說林兄來了，我過來看看，恰巧又聽見林兄說需要一百兩銀子便開了這口，看來是難為林兄了，那我只好問問外人，可有願意賣身於我家的勞壯力，先前的話，林兄就當我沒說過吧。」

景福卿聞言便重新包好銀子，耀眼的銀光被包裹住，眼前的光芒跟著暗了，林路長一個激靈，彷彿銀子跟著飛走了，想也不想地脫口而出。「我願意！」

景賦生眼底深處閃過一抹陰冷的笑意，面色卻猶疑不定，確認般地問道：「林兄可想好了？」

林路長前話說出了口，後面的話自然就順利多了，神情也大轉變，有些討好地笑道：「這有什麼想不好的？我林路長別的本事沒有，就一身力氣，你簽我身契準沒錯！」

景賦生放下心來，點點頭道：「林兄自願最好不過，那我們現在就把身契簽了吧。」

「那銀子……」

「簽完自然就給林兄。」

林路長得了準話就不說話了，只一個勁兒地笑，模樣比景賦生還迫不及待。

景賦生借了林滿家的筆墨，當場便寫下了身契，林滿看了眼，他字跡如人，一撇一捺都透露出柔和，筆畫流暢，若不是收筆略帶鋒利，實在看不出是個經歷過大苦大難的人。

待墨跡乾透，林路長按了紅手印，身契便生效，只須之後再去里正那裡報備一聲即可。

景福卿將一百兩銀子交給林路長，後者接過銀子一陣恍惚，忙不迭打開布包看了又看，將銀子掂了又掂，確認是真正的銀子後，眼尾的褶子都笑了出來。

景賦生這才報了自家姓氏住址，沒得都簽了身契還認不得東家的。

他端端正正地坐在那裡，周正的眉眼裡彷彿看慣了這樣的畫面，他理所應當該被一群人伺候著。錦衣華服，奴僕成群，這才該是他過的日子。

林路長也不自覺地這麼想著，笑得諂媚，問道：「景東家，現在就讓我幹活兒？」

林滿忍不住暗中翻了個白眼，有錢能使鬼推磨這話果然不假，百兩銀子到手，懶漢也能勤快。她看了那布包一眼，眼裡滿是可惜，一百兩銀子，景賦生卻說給就給了，有錢也不是這麼花的，景家現在忙不過來，請幫工就好了，何必花大價買下林路長這種人？

她是真的猜不透了。

景賦生對著林路長搖了搖頭，笑得也十分開心，可林滿看著卻總覺得沒有溫度，只聽他道：「林兄家中還有妻兒吧，怎麼也得回去招呼一聲，過幾日再來吧。」

林路長想不到還有這等好事，這東家未免也太心軟了些，心中便開始打起了算盤，嘴上卻還是應道：「多謝東家，等我安排好了就回來。」

說完就立刻出了沈家門，頭也不回，小牛氏在旁邊不自覺跟著討好地朝景賦生笑了下，而後立刻跟了上去。

待兩人走遠了，林滿終於忍不住了，將心中的疑惑都問了出來。「景大哥，你這是幹什麼？一百兩銀子，都可以買五、六個林路長那樣的壯力了，何況我哥可沒有勤快的手腳，你現在花錢花得爽，以後可有你哭的！」

她越說越心痛銀子，彷彿是自己的銀子被拿走了。

景賦生四平八穩地坐在椅子上，纖長的手指慢慢摺疊著剛剛簽下的身契，神情淡得如一汪池水，半點漣漪也無。

林滿自然也發現了他的不對勁，腦子裡面跟著轉了過來。景賦生這大筆銀子算是為她消災，她卻還指責別人亂花錢，就算景賦生的錢不是為她花的，人家愛怎麼花就怎麼花，也輪不到自己說三道四。

她當下就不好意思起來，蹲下身子，目光與眼前消瘦的男子齊平，臉上帶了些羞愧的紅色，吶吶道：「景大哥，你是不是生我氣了，你幫我管了這破閒事，我卻還這麼說你，實在不應該。」

景賦生只略略一抬眼就能看見林滿的眼睛，那裡面倒映著自己此刻的模樣，眉眼周正，神色太過於平淡，容顏略顯蒼白，看上去確實不是什麼好臉色。

林滿的話讓他緩和了神色，馴獸師還是忍不住伸手摸了摸小狼崽的頭頂，搖搖頭道：「滿娘的事不是閒事。」

景賦生的手掌沒有什麼溫度，但林滿卻像游在水中的魚兒，有不一樣的暖意。

馴獸師認真地看著眼前的人，不過十八歲而已，經歷的事不算少，現在還能保持一份純淨的心思也算不容易，他問道：「若是，我對妳哥哥做了什麼不好的事，妳可會生氣？」

見林滿面露詫異，他終於有些好笑道：「畢竟那一百兩銀子買了他，是真的貴啊……」

見他還有心情說笑，林滿也放鬆下來，撇撇嘴道：「我還以為你不心疼呢，這麼難受幹麼還要充冤大頭，你拿出這一百兩銀子，景大娘可知道？」

景賦生點點頭。「我跟她借的，這是她全部家當了。」

景大娘的全部家當?!那不就是景賦生的救命錢?!

林滿震驚得說不出話了，這次不只是訝異，手腳都發冷，景賦生何至於為她做到如此？

景賦生知道嚇著她了，便又提了一次。「我要從妳哥哥身上賺回銀子，或許會有些不太光明的手段，到時候妳可會怪我？」

林滿回過神來，聽見他這麼說，哪還顧得上愧疚？忙道：「林路長人雖然混帳了點，但好歹是一條人命，他還有剛出生的兒子，何況他本來也不是什麼善人……只要不死，景大哥隨你便吧。」

得到林滿的首肯，景賦生心情很好地笑了。「放心，我沒那本事要人命的。」

林滿看著景賦生，他坐在椅子上，還是那副氣定神閒的模樣，她心中不禁百般複雜，想說謝謝，也想說對不起，一時之間不知道該如何開口，但心房暖暖的，有人護著滋味確實是不一樣的。

「對了。」林滿忽然想起來林路長的為人，忙道：「你就這麼放他回去了？萬一他要賴不來了，你還要去他村子綁人嗎？」

景賦生正兒八經點點頭。「滿娘這個提議十分好，到時候要妳給我引路才行。」

說完就見林滿一副「錢都打水漂兒了你還有心情開玩笑」的模樣，便收起了繼續逗她的心思，扯了扯嘴角，安慰道：「他會回來的。」

林滿雖然不知道原因，但心中卻跟著信了。

處理了這些事情，景賦生感到有些疲憊，喚了景福卿，準備回家去。

在兩人說話時，景福卿就悄悄地帶著平平進西屋玩，聽到自己哥哥呼喊才應了聲，趕緊出門。

她在屋外和林滿簡單說了幾句話，無非是菜地該種什麼菜了，景大娘又讓她去家裡玩，關於景賦生挪用家裡大筆銀子的事一句都沒提。

景福卿看著林滿一臉無知的模樣，心中的嘆氣聲一陣高過一陣。

一百兩銀子啊，可是全部家當，就算是哥哥親口開口要，自己娘也不是說給就給的。先前那桃花急匆匆跑來，說林嬸子家裡來了人，費媒婆也跟著來了，說什麼要把林嬸子再賣了。

當時自己那一貫雲淡風輕的哥怎麼來著？開口就要了一百兩，她和娘親都嚇了一跳，問要這麼多銀子幹什麼？

景福卿記得她哥就看著林滿家的方向，一字一字，說得清楚無比。「救妳未來媳婦。」

第二十五章

景大娘早就在自家的籬笆門外等著了，懷裡抱著雙兒小心哄著，脖子卻不自覺地老望路口探，兒子臨走前那番話撓得她心癢癢。

她心中不禁有些欣慰，八字總算是有了一撇，就算滿娘是塊石頭，只要兒子不是根木頭，早晚都能捂熱了。

景大娘不知道沈家現在是什麼情況，桃花那小丫頭話也不說清，急急忙忙地就帶著兒子、女兒走了，也不知道滿娘那丫頭會不會吃虧。

心中正著急，遠遠地就看見路口出現了兩個身影，可不正是景賦生和景福卿嗎？

景大娘抱著孩子，等不及兩人回來細細說了，幾步迎上去，忙問道：「怎麼樣了？」

景福卿回道：「放心吧，我們去的時候，那費媒婆已經不在了，估計是被滿娘打發走了，我今兒算是見識了什麼叫人不要臉天下無敵，滿娘是被賣出去的女兒，林家卻還想把她再賣一次呢！我哥帶的銀子剛好派上用場，直接把林滿那不成器的哥哥買了。」

景大娘看向自家兒子，不確定地問道：「你真買了？」

景賦生掏出那張賣身契，點點頭。「真買了。」

景大娘捣著胸口差點暈倒，是個人都要疼啊！但她到底忍住了，咬咬牙不斷勸著自個兒，為滿娘花的，就當花錢免災了！

母子幾人進了家門，待景賦生進東屋坐下後，才仔細說了剛才在沈家的事，縱使景大娘曾經在高門大院生活了這麼多年也忍不住嘖嘖，嘆道：「可苦了滿娘這孩子了，那林路長哪把她當親人，這是當肉啃啊，連個骨頭渣都不願意剩的！買了也好，拿捏在我們手裡，也省得再去欺負滿娘了。」

景賦生贊同道：「正是如此。」

景大娘又說道：「你把他放回去了，那種人還能自個兒回來？」

景賦生倒不怕，笑道：「有什麼怕的？這種人無利不起早，只要有好處，自己乖乖就來了。」

景大娘驚訝道：「你還要給他好處？」

「沒有的事，這事您暫且放心不用管，讓他逍遙兩天，後面我自有法子。」

見兒子說頭不說尾，景大娘心中雖然好奇不已，但到底沒有問，只要滿娘那頭沒事，她也就放心了。

當集前一天，林滿帶著桃花去集上送菜，桃花娘知道她現在可以跟林滿賺錢了，果然沒再提賣她的話，本來小姑娘還心驚了幾日，害怕林滿是哄著她玩，沒想到林嬸子果然叫了她幹活，頓時精神不已。

林滿這次帶桃花上市集，主要是帶她熟悉燒烤攤要幹什麼，不然等當集的時候太忙，會沒空多叮囑她，免得手忙腳亂。

現在燒烤攤子被林滿擴大了一倍，秦包子旁邊的小空地已經不夠用了，可惜暫時沒有找到更合適的地方，林滿想著乾脆租個店面，就算碰到下雨、大太陽也不怕，還可以在裡面擺幾張桌子，客人吃了再走。

「我這菜好收拾，只需要早早洗好、串好就行了，後面妳就負責用油紙包好客人的食物，沒菜的時候要及時補上，這裡有小竹籃專門給客人選菜，哪籃子菜是哪位客人點的一定得記清楚了，我忙的時候可能記不過來，這時候桃花就得記住了，可行嗎？」

小姑娘認認真真地聽著，林滿說個字她就跟著唸個字，看樣子有些緊張，似乎想要表現得更好些，聽林滿說完連忙點點頭道：「記住了、記住了，林嬸子放心，我記性好著呢！」

林滿又借秦包子的刀切了幾樣菜，告訴她什麼菜大概切成什麼樣，讓她自個兒試了幾次，桃花做慣了家務活，這些簡單事自然不在話下，厚薄均勻，林滿十分滿意。

送完了菜，也帶桃花熟悉了她的工作崗位，林滿便準備回去了，剛一出包子鋪的門就碰到外出回來的喬大娘，她見只有林滿和一個面生的小姑娘，便問道：「福娘沒來？」

林滿先給兩人做了介紹，然後才回她的話。「沒呢，要過年了，各地的婚嫁酒席都多，酒樓和廚子的單子都排滿了，她實在抽不出空，今天我剛好帶桃花來熟悉一下明天的活兒，就自己來送了。」

喬大娘樂呵呵道：「我這兒剛好有個好消息，妳回去跟她說一聲，方才我去同善堂拿藥，聽說鎮上來了一個不得了的坐診大夫，以前都是給京城的貴人看病的。只是年紀大了思念故土，乾脆帶著孩子回來了，妳讓福娘得空了帶她哥哥去看看，說不定病就好了呢！」

喬大娘現在和林滿、景福卿都熟了，兩人家裡的事也知道些，得了這個消息就想著怎麼託人帶話，想不到回來就遇見林滿。

喬大娘這話讓林滿心中一喜，眼睛都亮閃閃的。「當真？」

「大娘我還能騙妳不成？那抓藥的小銀花親口說的，寧可信其有，不可信其無！」

林滿知道這種事要自己去了才知道有沒有效果，當下趕忙謝過了，又關心了她去同善堂抓藥是哪裡不舒服？

「也沒啥事，就是生意好了，累著了。」

要賺銀錢就是如此，想賺得多就得比同行勤快，就算秦包子鋪的客人算是十分穩定，兩口子也不敢放鬆，他們也不算年輕了，兩口子只有一個女兒嫁去了鄰村，有自己的小家也忙，兩口子病了、累了也只能自己扛著。

林滿便囑咐了幾句多注意身子的話，可說得再多也不濟事，最多給個心理安慰罷了。

回到村裡，林滿送桃花回家，就趕忙找景賦生去了，可去了他家才發現一個人也沒有，她不禁有些奇怪，景大娘母女倆不用說，肯定是去地裡了，但景賦生卻不在，這就實在匪夷所思了。

林滿喚了幾聲，都沒有人應，心裡不禁有些著急，他身子不好，可別是出了事才好。

她在屋前屋後轉了兩圈都不見人影，想了想，正準備去地裡，可腳步才踏出去一步，胸口莫名悸動一下，她一陣福至心靈。

她下意識地伸手摸到了頭髮上的木簪，那是和空間相連的信物，她一直戴在頭上。

簪子與平常並沒有不同，她猶豫了一瞬，還是閃身進了空間。

空間一如既往，長相喜人的瓜果蔬菜，溫度適宜的空氣，還有無聲流淌的河水。

而景賦生正筆直地站在河前，仔細地望著那尊女神像，青衫在他消瘦的身子上空盪盪地掛著，瘦弱得彷彿一陣風就能吹倒。

「景大哥……」林滿眼中充滿了毫不掩飾的驚訝，簪子被她緊緊捏在手中，青絲沒有髮簪綰著，鬆散地垂落在腰間。

景賦生回頭看向她，笑了起來，如三月春光。

他指著河對面，笑道：「妳看，霧不見了。」

林滿順著他指尖看過去，果然，上次景賦生病發時起的那團霧，消散殆盡，露出女神安詳端莊的容顏。

第二十六章

「景大哥。」林滿喚了一聲，握著木簪慢慢走到他身邊，眼中滿是驚詫。

景賦生應了聲，說道：「妳可是在奇怪我為何能出現在這裡？」

「嗯……是有些好奇的。」林滿抿了下唇，回憶道：「我最開始來這裡的時候只能靠著入夢，後來求了女神娘娘得了信物才能進來，所以有些疑惑。」

景賦生聞言，便轉過頭又看向河對岸的女神像。「那我或許是女神娘娘接過來的。」

「嗯？」林滿眼裡充滿了疑惑。

「之前我的眼前出現一抹金色光芒，顏色淺淡，我本以為是花了眼，卻不想一觸碰就來了這裡。」

林滿聽完沈默了。

倒不是覺得景賦生不該出現在這裡，雖然之前這裡只有她能進來，理應是由她做主的，但她自己也明白，這一切都是女神娘娘賜予的，嚴格來說，她不過是這裡的管理者罷了，女神娘娘要安排誰進來，都不是奇怪的事情。

「怎麼?滿娘不開心了?」景賦生見她一直不說話,又看向她,卻見她眉頭皺得緊緊的,低著眼睛在想什麼。

林滿聽見這話趕忙抬起頭和他對視,搖搖頭道:「沒有的事,這裡我每天都要和福娘進來,每天澆水除草累得要死,景大哥你的身子要快點好起來呀,這樣就可以幫我們了。」

說完這句話,她還露出一個狡黠的笑,眼睛靈動地轉了轉。

景賦生忍不住失笑,覺得林滿這心也太大了些,這麼一個寶地,她一直用心養著,突然來了他這麼一個外人還能夠接受,甚至想著自己是否可以幫忙,實在是……不是一個讓自己吃虧的人啊。

再說,這從另一種意思上來看,她是否並未將自己當作外人?

景賦生心情極好,與林滿調笑道:「那滿娘可有得等了,我這身子不知何年何月才好得了。」

林滿忙道:「不一定呢,我今天去集上,包子鋪的喬大娘說鎮上來了一位神醫呢,以前是在京城裡專門給貴人看病的,現在回來養老,可以去試試。」

景賦生眼睛一亮,確認道:「京城來的?那妳可聽說那位神醫姓什麼?」

林滿搖了搖頭道:「這倒不清楚,喬大娘沒說,等明兒個我和福娘忙完了,就歇一天，帶你去鎮上看看，你覺得可好？」

「好。」景賦生嘴角都帶著暖意。

他看著林滿手中的木簪子，自然而然地伸手拿過來，對她道：「滿娘，妳轉過去。」

「嗯？」林滿不知道他要做什麼，但還是乖乖地轉了過去，眼角努力地往後瞥著，但除了青衫的衣角，再多的也看不到了。

林滿感覺到頭上多了一隻手，而後修長的手指順著髮絲梳下去，在頭皮留下一串電流。

林滿霎時就明白了景賦生要做什麼，白淨的臉龐一下變成了紅霞，語氣都結巴起來。「景……景大哥？」

古代男女有別，大防又重，只有夫妻間才有資格綰髮，她感覺這幾日和景賦生之間的關係越發說不清了。

察覺到手下的人有些不安分，景賦生連忙開口制止了她。「別動。」

嘴裡說著話，手裡的動作卻沒有停下，眼睛認真地看著那一頭青絲。林滿的髮質很好，日子好過了以後她還買了桂花油來抹，髮絲順滑還帶著一股淡淡的桂花香。

景賦生不大會做這種活兒，他儘量放輕動作，害怕不小心扯痛她。用簪子綰好頭髮，最後小心翼翼地別在髮間，雖然不如林滿自己收拾得那樣妥帖，但也算及格了。

「好了。」

聽見背後的男聲，林滿不敢轉過去，小聲地道了謝。

說來慚愧，林滿上輩子雖然是已經步入社會的輕熟女了，但卻是憑實力單身了二十幾年，學生時期滿腦子只想讀好書考個好大學給母親爭氣，身邊的花紅柳綠從來沒注意過，後來做起了生意又滿腦子只想賺錢，更沒空去看身邊有沒有單身異性。

她沒想到來了這小蒼村，反而被景賦生撩了幾次，要說這人吧，容顏過關，氣質過關，家中雖然有個和離在娘家住著的妹子，但那也是自己的好閨密，相處完全沒問題，景大娘更不用說，對她就跟親閨女似的。

如果以結婚為目的找男友評價他，景賦生除了身體不好以外，真是……樣樣都合適啊。

林滿越想臉色越紅，乾脆不轉過去，就背對著和景賦生說話，為了緩解自己的情緒，只好強硬地把話題又轉回來。「那景大哥，後天……就說好了。」

話一出口，林滿就想咬舌頭，這話怎麼聽著就像小情侶之間訂了約會的小日子，害怕對方反悔，偏要再囑咐一遍呢？

景賦生臉上笑意更甚，回道：「好，若是我沒有去找滿娘，那滿娘就來找我，總歸，跑不掉的。」

景賦生什麼表情林滿當然看不見，她腦子亂烘烘的，特別是最後幾個字，她怎麼都聽出一股玩味來，這叫什麼事啊？她林滿好歹也是二十一世紀的優秀好青年，卻被一個病秧子撩得臉紅心跳還不敢和對方互嗆。

「好，好的。」林滿胡亂地點了點頭，周圍空氣莫名帶了一股甜味，她覺得自己呼吸好像出了問題，乾脆道：「我剛才去你家找你就是想說這事，你趕緊回去吧，雖然空間氣候適宜，但河邊還是涼，我先回去了。」

說完不等景賦生應聲，自個兒就先跨出去了。

回到自己家，林滿一頭就栽在被子裡，心中不禁對自己各種唾棄。

林滿啊林滿，瞧瞧妳這什麼出息！

手卻情不自禁摸上了頭上的簪子，又想起和景賦生的種種，她腦子裡面突然才反應過來，有了一個大膽的想法——

景賦生，該不會是喜歡上她了吧？

林滿抱著被子想了一會兒，越想越覺得就是這樣沒錯！

但自我肯定以後，她又走向了自我懷疑，萬一不是呢？只是自己自作多情呢？可相處下來，林滿卻不覺得景賦生是那樣胡亂與人曖昧的人，記得他們才認識時，他都客氣地喚她「林娘子」，後來還是自己讓他改的口。

她也在景福卿那裡聽過一些瑣事，景賦生雖然是個病秧子，但景家家境好，景賦生模樣也不算差，待到了成親的歲數時，也不是沒有人上門說親的。

不論哪個時候，顏值都是好東西，曾經有個小姑娘一心想嫁過來，據說那小姑娘見了景賦生一面，就自個兒跑來給景家做了幾天活兒，想著景賦生常年在家沒見過什麼外女，她也算略有姿色，只要願意花點心思，還怕嫁不到景家來？

結果那小姑娘大半夜跑去爬床，當時景賦生還沒有病得如此嚴重，自然沒讓她得逞，後來景大娘念在她好歹是個姑娘家，這裡又比不得京城規矩嚴，不忍心讓她身敗名裂，打發了幾個銅板讓她家人領回去。

那時候女方可不願意，能由著自家女兒跑去外男家裡不回家，這樣的人家會是真心嫁女兒嗎？不過是想著景賦生是景家唯一的男嗣，等他一命嗚呼後那家裡的產業不就落在了後人身上？只要男的身體沒毛病，自家女兒加把勁，怎麼就不能生個娃出來！

於是女方便想鬧大了，說成景賦生欺負了他女兒，非要他負責不可，不然他家好好的一個閨女怎麼會跟中了邪似地賴在景家？定是景賦生做了對不起自家女兒的事，小姑娘無顏回娘家了。

景大娘當場就氣笑了，這也是她在村裡第一次碰見這樣的奇葩，一時之間腦子都沒有轉過彎來，罵人也不會，哪有現在流利的口才和潑婦勁？景福卿那時也還小，景大娘還有些大戶人家的矜持，怕那些污言穢語污了女兒的耳朵，讓她躲進了屋裡。

景福卿不敢違逆娘的話，又擔心兄長，便開了個門縫悄悄看著。

當時還是景賦生開的口，問他們想怎麼做？

那人家就說了。「我好好的黃花大閨女被你欺負了，你當然得三媒六聘給娶回去，聘金不得少於二十兩，不然我就讓村子都知道你景家是個狼窩，在這村裡待不下去！」

景賦生那時候看起來是個生嫩的小子，搬來小蒼村不過才五、六年，那人家都在小蒼村生活了快百年了，打定主意景賦生不敢得罪自己，俗話說強龍不壓地頭蛇，這個啞巴虧景家吃定了！

不過景賦生也就只是「看起來」生嫩，還真是個不怕天、不怕地的性子。「我不娶，你要怎麼讓我在村裡待不下去？」

「哼！」那小姑娘的娘冷哼了一聲，往地上一躺就開始哭著大聲嚷嚷。「天殺的啊！景家人不是東西啊！我們村子好心收留這家子人，結果卻是引狼入村啊！這姓景的糟蹋了人家閨女還不想負責，逼我閨女去死呀！村子裡大夥兒都來看看，這狼心狗肺的一家哦！我家葉子以後該怎麼辦哦！不如一頭撞死得了！」

景家母子三人當場就目瞪口呆，村裡吵架不是沒見過，但這種陣仗還是第一次發生在自己身上，以前在大戶人家的時候都是暗地裡較勁，不曾明面辱罵過，哪是那葉子娘的對手？

葉子娘見唬住了景家的人，嚷得更大聲了。「哎喲，哎喲，我的葉子，妳不要想不開啊，不是妳的錯，是這個姓景的對不住妳，妳娘就算和他們同歸於盡也要為妳討回公道！」

景大娘說話都結巴了。「葉……葉子娘，妳胡說什麼？我們生哥兒行得端、坐得正！妳不要血口噴人了！」

這個時候聽到鬧聲來看熱鬧的人來了不少，圍著景家的籬笆門看，那葉子也跟著哭起來，淚花帶雨，柔弱不已。「娘，您不要這麼說，是我不好，景大哥……景大哥不是故意的，是我……是我擋不住他……」

景福卿當時差點沒忍住衝了出來，但一想到自己出去也幫不了忙，反而是添亂，活生生忍了下來。

林滿記得自己當時聽到這兒也跟著目瞪口呆，她萬萬沒想到這古代還有這樣大膽的女子，還有為了讓人揹黑鍋來捨棄自己名聲的？

真是絕了！

第二十七章

林滿當時捧著她做的焦糖瓜子，催促著景福卿講後面的事。

後來？後來葉子家的當然沒鬧起來，景賦生由著他們鬧，鬧得口水乾了都沒動一下，吵架只有一個人演獨角戲當然演不起來，那葉子一家見景家不為所動，心中就有些急，這演戲最怕不按套路來，葉子一家自顧著說了嫁女兒的要求，就等著景家上門娶親。

景賦生找了一個村裡的小頑童，附在他耳邊說了什麼，那小頑童聽得連連點頭，然後一溜煙跑了，葉子家的攔都沒攔住。

沒多久，村裡的接生婆子跟著小頑童後面來了，見眾人疑惑，景賦生解釋道：「欺沒欺負他家女兒，驗一下就知道了。」

眾人恍然大悟，接生婆子見慣了女人身子，沒有人比她更熟悉了。

那葉子面色蒼白，她並沒有真的得逞，這一驗不就露了餡？抓著她娘的手死活不願意跟接生婆子去，更何況驗身子？那不是侮辱人嘛！

景賦生這時候使出了吵架精髓，一個字，演！

當場他就流了淚，哭自家顛沛流離，好不容易受各位好心的鄰里鄉親幫助在小蒼村落了腳，心中的感激都無處訴說，還想著捐點銀子把村口的路修好報答大夥兒。

哭他天天在家中出不得門，葉子姑娘自個兒跑來賴著不走，怎麼就成景家欺負她了？她不願意來，景家還能綁了她？

最後哭自己身子弱，肩不能挑、手不能提，家人只能受人欺負，別人說什麼就是什麼，自己也辯護不得，恨自己身子沒用，不過想證明自己清白，葉子姑娘又不願意配合，左也不是、右也不是，這村子裡是葉子家做主，那村長又算什麼？

這炮開得有點大、有點遠了，若是景賦生最開始沒說那句捐銀子修路的話，村民聽了或許還會不高興，想著是不是挑撥鄰里關係，但好在景賦生提前給自己鋪好了路，在村長心裡的好感值早就種下了。

村長覺得景家孤兒寡母確實不容易，就勸葉子家驗一驗也不礙事，如果葉子真被人欺負了，他自然會為他們做主，然後讓幾個嬸子帶葉子去屋裡讓接生婆驗了身子，葉子娘使了全身的勁也沒攔住，哭喪著臉又跌坐在地上了。

這一驗就什麼都明白了，葉子還是黃花大閨女，身上白淨得連個手印都沒有，哪像是被強迫的樣子？說白了，景賦生就是被她栽贓賴上了唄，一時間景家獲得了無數同情，一群人大罵葉子家不是東西，連孤兒寡母都欺負，真是為了錢連良心都不要了。

「你家葉子賴在景家不走，不就是等機會想爬床嗎？看見景家有幾個銀子，這種下三濫的招都使出來了！」

「這家人心窩都是爛的，這閨女也娶不得，誰娶回去誰倒楣！」

「以前聽戲文裡面唱，只有那丫鬟爬主子的床，這葉子怎麼也學那些下賤的玩意兒？」

葉子娘氣了個半死，跟那群長舌婦對罵，這下可好，一下惹了眾怒，先前還有人覺得他們家也是倒楣，碰到景家這麼個有腦子的，現在那一點點的同情瞬間瓦解，葉子娘獨自一人自然吵不過一群人，最後吵得凶了差點動起手來，要不是村長在這裡，兩邊說不定都掛了彩。

最後葉子被她家人灰溜溜地帶回去了，她一家子在村裡的名聲都臭了，沒過多久就被遠嫁了，那葉子的家人也沒留多久搬走了。

畢竟村子裡面還是第一次發生這種事，在景家搬來之前，誰家中都沒有幾個銀錢，也就沒有出這檔子事的機會，這可成為了村裡的一大話題，沒親眼看見熱鬧的就好奇了，老去葉子家門口轉悠，想看看葉子家現在是個什麼情況，熱鬧了好些時候。

那葉子家雖然沒皮沒臉，但也受不了天天被人當猴看，還要被人戳脊梁骨，葉子娘都被氣病了一回，後來遠嫁的葉子據說日子過得不錯，就把一家子接了過去，這才消停了點。

沒想到最後的結果居然是葉子家離開了小蒼村，景家還是在村子裡面好好的，林滿在心中不禁寫了個大大的佩服。

回憶完那段八卦，林滿托著臉，腦子裡面不斷想像著生嫩的景賦生是什麼模樣，能讓那葉子見一面就留下來，應該會比現在多些朝氣？畢竟十五、六歲正是無畏的年紀。

那麼一個溫潤的人，實在很難相像他居然還會哭著演戲，得找個機會當面問問，如果能讓他演給自己看，那一定好玩極了。

林滿光是想著就忍不住笑了起來，自己實在是太過惡趣味了。

去鎮上的這一日，林滿早早就醒過來，細細地洗了臉、梳了頭，拿出昨日在集上買的一套新衣裳，一套淡藍色比甲對襟立領漸色裙，她年紀本就不大，穿上十分青嫩，又不會太過張揚。

這樣的裙子林滿想穿許久了，在集上看見過幾次，但農家幹活實在穿不了，逢年過節倒是可以穿的，她又想著去鎮上到底不能穿得太過寒酸，自己現在也有些存銀，買一套穿不算事。

平平也穿了件同色的小新衣，兩人在一塊兒宛如真正的母女一般，大的俏，小的嬌，十分賞心悅目。

兩人收拾好，林滿便抱著小丫頭烤著烘籠，等景大娘趕牛車過來，昨兒一起幹活的時候景大娘就說她來接，讓林滿直接在家裡等著就好。

母女倆沒等多久，就看見路口有火光，是景大娘駕車來了，那火光是景福卿打著的火把。

林滿鎖好門窗，抱著平平出了門，到車前時景大娘一家方才看清兩人的穿著，眼睛當場一亮，誇讚道：「滿娘這一身真是好看極了，妳這個年紀就該好好打扮起來。」

林滿下意識地看了景賦生一眼，見他正看著這邊，只是天色還太黑，看不清他的神情，林滿莫名心慌又轉了回來。

到底最後還是要面對那人的，景大娘駕車，福娘打著火把，車前已經沒有林滿的位置了，她只好抱著平平上了車。

今天穿了裙子，上車不大方便，景賦生伸手接過平平，將小不點安置好，又朝林滿伸出了手，只道了一個字。「來。」

林滿伸出手放在那隻修長的手中，那手帶著涼意，她胸腔莫名怦怦跳著。景賦生沒有什麼力氣自然拉不動林滿，但林滿藉著力還是安穩地上了車。

「謝謝。」

去鎮上得一個多個時辰，景大娘怕路上辛苦，牛車上鋪了厚厚的被子，坐在上面十分軟暖，大人、孩子都少受罪。

等一車人坐安穩了，景大娘就駕車出村。

他們走得早，天色還是黑的，還帶點些微的霧氣，略有些涼意。平平一上車就又犯睏了，景賦生攬過她抱在懷裡，不多時小丫頭就睡著了。

火把燒完時天色漸亮，牛車過了小蒼村的集，再向前走了兩里地就上了官道，路程也快了起來。

林滿本想和景大娘換著駕車一段路，景大娘說什麼也不肯，只讓她好好待在車上照顧孩子。

今兒老天爺給了面子，是暖和的大晴天，一路相安無事，晌午前便進了鎮上。

這鎮名叫梨花鎮，管著大、小蒼村還有幾個村子，鎮上的繁華度雖說比不得縣裡，但也不是小蒼村的市集可以比的，一進鎮就能感受到這裡的人要富足許多，街邊每天都是熱熱鬧鬧的，牛車也多了起來，偶爾還能看見馬車，也算稀奇。

林滿一行人先打聽了鎮上是否有位神醫，在什麼地方？那人一聽是這事，便道：「這位嬸子今天算是來得晚啦，白神醫只有早上在醫館坐診，醫術確實十分了不得呢！回來沒多久卻治好了鎮上好幾個頑疾，每天多的是人去找他看病呢，現在去怕是等不到了。」

說完那人還指了醫館的方向，讓他們不信自己去看。

幾人到了一看，可不是人滿為患？醫館外面都還等著些人，和現代醫院掛號的陣仗有過之而無不及，林滿便道：「今兒個怕是等不了了，不如我們在這兒歇一晚上，我晚上就在這裡排隊，明天總能看上的。」

景賦生一路都很安靜，方才問路時也沒有開口，現在他望著醫館上方的「白氏醫館」略微出神，聽了林滿的話便道：「我去去就來。」

林滿小心扶他下車，繼而又扶著他去了醫館大門口，景大娘也跟了過來，景福卿留著看牛車和孩子。

白氏醫館外面人多，裡面卻十分寬敞，只有看病的人在裡面，林滿看見有幾個小藥僮在忙碌。

「幾位若是來看病就請回吧，我們白大夫只看早上，今兒個已經夠數了。」一個藥僮見林滿一行人進來，面色有些不耐煩，但語氣還算好，他又指指門外。「那些今天都看不了了，幾位若是不死心，就去門外等著吧。」

小僮每天不知道要說多少次這樣的話，若不是識字的人太少，他真想寫幾個大字貼在門上，省得一次次解釋，說完那番話他轉身就走。

景賦生趕忙出聲攔住他。「小哥兒請慢。」見童子停下腳步才繼續道：「麻煩小哥兒告知白神醫，景賦生求見。」

小僮內心翻了個白眼，面色忍不住帶了些嘲諷道：「誰見都不成，就連鎮上的李員外見我們白大夫也得排隊，這位公子怕是不懂規矩吧？」

一句話簡單來說就是，你算個什麼玩意兒？

景賦生也不見氣惱，走兩步過去拉住小僮的手，暗裡塞了些碎銀子，笑咪咪道：「麻煩小哥通融通融，如果白神醫還是不願意見我，我便立馬回去。」

有錢能使鬼推磨，那小僮捏了捏有二兩，當場就笑開了道：「既然如此那我就去報一聲，不過白大夫見不見你，可不歸我說了算的。」

「有勞了。」

見小僮走了，景大娘便過來道：「生哥兒你這是？」

景賦生看著自家娘親，眼神意味不明道：「若我沒猜錯，那位，可能是白上行白御醫。」

景大娘一聽這名，一下摀住了胸口後退了幾步，臉色都蒼白了幾分。

待緩過來後拉著景賦生就往回走，口中喃喃道：「不看了、不看了，要是讓京中的人知道了……那全完了。」

景賦生拉住他娘，安慰道：「不怕的，他既然已經告老還鄉，定是不願意再摻和京中的事，我們已經這樣了，只能死馬當活馬醫。」

林滿在一旁聽了個大概，景家和這裡的神醫似乎認識，她轉念一想又明白了，他們以前是京中大戶，認識這些神醫也不是奇怪的事。

若是熟人，今天就能看上，也不是不可能的。

第二十八章

林滿離景賦生不算遠，他與景大娘的對話聽了大半，想著他剛剛說了「御醫」這一詞，想必景大娘母子以前在京城定是有頭有臉的人物，現在在小小的蒼村落腳，其中的酸楚真是言說不得。

景大娘的臉色還是蒼白的，心驚膽顫不已，但是這裡有諸多外人，她又不敢與兒子多說，害怕被有心人聽去，整個人很是恍惚。

不多時那離開的小僮就回來了，面色帶了一絲惶恐，低著頭、彎著腰來到景賦生面前，語氣恭敬不已，哪有先前眼高於頂的模樣。

「公子，我家師父有請老夫人、公子和小夫人。」

小僮話一出口，幾人都愣住了，林滿尷尬地站在原地，心中大呼這誤會可大了！靈動的雙眼無語地看了一眼景賦生，滿臉寫著「都怪你」，而後才乾乾地說出一句話。

「我不是……」

景賦生接收到林滿的信號，本想蒙混過關，但到底不想惹她生氣，解釋道：「小哥兒想必是誤會了，這位娘子並非我內人。」

小僮露出驚訝的神情，景賦生忙轉移話題道：「先帶我們去見白大夫吧。」

小僮趕忙收斂心神，最後還是忍不住瞅了林滿一眼。

他見這位梳了婦人髮髻，通身氣質也不像那鄉巴佬，看著溫婉懂事的模樣，才一時認岔了眼。得知竟不是景家的媳婦，那小僮心裡不免有了幾絲疑惑，好奇起林滿的身分來。

心中好奇歸好奇，但他面上不敢顯露，不然被師父看見了定是一頓罵。

想起師父聽了這人名字，起先不在意的神情，他本以為又是如往常一樣不死心的，結果師父唸叨了一次，就愣住了，而後跟見了鬼似的，猛地抬起了頭，身子因為力道太大還退了幾步，小僮就知道這事不簡單了。

景賦生三人被引進後堂，穿過走廊，在一屋外停下，小僮為他們開了門，入眼的是一方圓桌和幾個墩子，鎮上普通人家的裝飾，並無稀奇。

「師父，景公子到了。」

屋內傳來一聲渾厚有勁的應答聲，吩咐道：「你出去告知外面的人，今天就到此為止，沒診上的病人讓他明天再來，你去了後就守在走廊，任何人都不得靠近。」

小僮趕忙應下，送幾人進了屋後，小心地帶好門，便去辦事了。

門關好後，一白髮長鬚黑衣老者從左邊隔間走出來，他約莫六十高壽，精神奕奕，面容帶著醫者特有的慈善，林滿便知道這就是那位神醫，她聽見景賦生叫他白上行御醫。

景賦生見了來人連忙迎了上去，深深地躬身行禮，口中喚道：「白御醫，多年不見，晚輩見禮了。」

白上行趕忙扶住他，眼中閃爍著複雜又心痛的光芒，慌忙道：「世子萬萬不可，老夫現在不過一介草民，承擔不起啊！」

扶起景賦生後，白髮老者又看向一旁的景大娘，而後竟撲通一聲跪了下來，敬道：「草民白上行，向永康妃娘娘請安！」

景大娘側身躲過，跟著跪了下來，哭道：「我早已不是什麼永康妃了，我兒也早已不是世子了，我不曾想過這輩子還能在這小小的梨花鎮見到白御醫，求求你救救我兒吧！」

「娘娘！娘娘您怎可如此，折煞草民啊！」

「白御醫切莫再喚我娘娘了，我現在不過是小小的鄉間農婦，擔不起這一聲稱呼！」

林滿一臉迷茫地看著三人。

世子？

王妃？

咦?!

她傻了。

那感覺就好像自己在玩遊戲，隊友跟你本來都是從新手村出來的，你的隊友甚至是個弱雞，兩人步履蹣跚升著級，結果升級升到一半——咦！你突然發現你隊友其實曾經是個排行榜第一名，只不過現在打不動了，換作是你也會傻掉的！

其實這麼說也不對，但林滿的心情是真的很複雜，一開始她也猜測景大娘家在京城是何等人家，從福娘的隻字片語中只能得知是高門大戶。可京城什麼地方？天子腳下，一塊牌匾砸下去都不知道能砸到幾個官，高門大戶也不算稀奇。

至於皇親國戚？林滿倒真沒有往那方面想，為啥？皇親國戚到底不算普通的高門大戶，家中規矩更為嚴格，福娘說他們母子三人是宅鬥的犧牲品，越高位的人，宅鬥失敗後下場就更為慘烈，景大娘一家卻還能有機會逃出來，那不是打皇家的臉嗎？就算天子不追究，那景大娘家中的人會不追查？能安穩地過日子，倒是奇事了。

「滿娘。」

林滿腦子中的疑惑越來越多，那邊三人說著什麼話她也沒仔細聽，恍惚間聽見有人喚她，下意識地應了一聲。「在！」

抬頭看見三人都看著她，白上行看她的目光中滿是探究，林滿趕忙站直了身子，坦坦蕩蕩地任他打量。

她聽見景大娘道：「滿娘是生哥兒和福娘的恩人，這次你來到梨花鎮的消息也是她打聽到的。」

說完她便過來拉住林滿，察覺到她手心冰涼，想著約莫是嚇著她了，握著她手道：「滿娘不怕，這是白上行御醫，醫術十分了得。」

林滿不知道這個時代的大戶人家怎樣行禮，她乾脆將雙手交疊在腹部，彎腰行了禮，敬重地打了招呼。「見過白御醫。」

「滿娘是個好孩子。」白上行暗中點頭，毫不吝嗇地誇獎了一句，白上行行醫多年，自然也見過禮儀學得不夠反而東施效顰的。

林滿行禮的禮儀其實並不對，但她並未掩飾自己的短處，真正的「禮」是放在心裡的，白上行也不在意這些虛的。

白上行請三人坐下，得知景福卿還在門外，他又趕忙出門吩咐小僮接人進來。

他親自上好茶，不多時景福卿就帶著雙兒和平平出現在眾人視線裡。

景福卿進來時還有些不明所以，直到看見桌前的白髮老者才反應過來，雙眼不敢置信地睜大，喚了一聲。「白御醫？」

兩人又免不了一番客套，待景福卿入座，幾人才細細說著這些年的事。

白上行道：「方才童子來報時，我竟老糊塗了，沒有認出世子的名字，好在覺得耳熟細想了下，可不是公子的姓氏換成老夫人的了？我心中驚駭又猶疑不定，現在若不是親身經歷，萬萬不敢相信世間真有如此巧合的事情。」

景大娘離開京城十一年了，當年自己只顧著逃亡，卻不知後面的事情，聽聞白上行這語氣似乎是知道自己出了事的，便問道：「白御醫此話怎講？」

白上行捋著長長的山羊鬍，半瞇著眼回憶十幾年前的事情。

他在京中任職時，是各大王公侯爵府的常客，景大娘還是永康妃時，她的平安脈都是自己診的，算是熟識，他記得最後一次去永康府，是為還身為世子的景賦生診脈，當時他得了王妃的親筆信——景賦生近來身子突然大不好。

但是等他到了永康府，卻被小廝引到了別處，永康王的側妃，蘭側妃那裡。

提起這位側妃，林滿發現景家母子三人的臉色一下難看起來，別人家之事她不好多問，便靜靜坐在一旁繼續聽白上行講述。

原來這蘭側妃與原永康王妃，便是現在的景大娘，她們兩人算是沾了親，蘭側妃是景大娘舅母的姪女。

景大娘出身京中習武世家，她曾祖父是高祖親封的冠英侯，可世襲三代，但她爺爺那輩卻沒有能人，只能安穩地將爵位傳到景大娘父親那輩。景大娘父親天資聰慧，從小就文武雙習，也跟著上過幾次戰場，身邊跟了幾位忠心的手足，景大娘的舅舅便是最早的那位，在景父還不能獨當一面時便跟著了。

景大娘父母算是青梅竹馬，兩人郎情妾意，感情深厚，婚後一年就生了景大娘的兄長，時隔兩年又生了景大娘，一家子本是和和美美，但景大娘父親卻憂思太多，他擔心自己兒子只能繼承最後一次爵位，三代以後便要降爵，子孫後代的擔子不就落在兒子身上？

景父算是典型的溺愛孩子，為了讓孩子少吃點苦，硬是拋棄了朝堂的安逸生活，自請邊疆，景母勸他兒孫自有兒孫福，景父卻怎麼也聽不進去，一想到兒子要吃自己吃過的苦，心裡就跟吃了黃連一樣難受。

後來他帶著副將打拚幾年弄得一身傷，好歹又掙了些功勛回來，那時早已是先皇掌家，心裡一高興，不就爵位嗎？拿去拿去，再襲三代也不是個事，皇后也乘機討了個好，給記到自己名下的五皇子永康王求了待字閨中的景大娘，先皇興頭正好，當場便寫下了賜婚聖旨。

外人看著風光，但景家卻一點也高興不起來，眼尾都帶了一些強顏歡笑。因為景大娘的舅舅，在一次戰役中沒了，舅母受不了打擊，沒過多久也跟著去了，舅舅與舅母一直膝下無子，便從舅母娘家族裡抱一個小女兒來養，人稱蘭姐兒。

景家對舅家愧疚不已，他們夫妻兩人逝世後便主動將蘭姐兒接過來好生將養，景大娘從小便懂事，對蘭姐兒也是掏心掏肺地好，怕她在自家待不習慣，硬生生將父母為自己造的曲廊流水苑一分為二，與她同吃同住，兩人感情越發要好，那蘭姐兒也從來不提任何非分要求，見誰都打招呼，聊天時也總誇景姊姊對自己有多好，乖巧得誰見了都會誇獎一句，誰能猜到那樣美豔的皮囊下卻藏了一顆蛇蠍心呢？

第二十九章

景家有多難受外人是看不見的，他們眼中只有景家的得意風光，以及先皇的器重，本就是一等的侯爵之位，眼見著又要變成皇親國戚，一時風頭無兩，連太子殿下見了景家人都得客氣幾分。

但俗話說樹大招風，景家有多得意，就有多招人眼紅忌憚，景家正是聖寵正濃的時候，有心人自然不敢動，只能蟄伏在暗處，等待著時機。

話轉回景家，景家的嫡長女被許配給五皇子，景父還是滿意的。雖說五皇子只是寄養在皇后娘娘名下，並非真正的親母子，有些人可能覺得景家是吃了個啞巴虧，但景父卻不這麼認為。

太子是皇后娘娘所出，真真正正的皇家嫡出血脈，那麼注定了五皇子沒有機會參與奪嫡之戰中，太子的敵人不會拉攏他，本家又不會真正親近他，看似兩難，其實最安全不過。

天家事難說，就算朝廷風雲變幻，五皇子好歹也能保一時平安，這也是先皇防著各路奪嫡黨拉攏景家，皇后最開始想的怕不是為了養子而求，只不過她不敢明說，怕惹了聖怒。

先皇會不知道枕邊人如何想？於是他乾脆順水推舟，借著這個由頭將景家嫡女許給不受寵的五皇子，既將景家與皇家綁在一起，要他們為皇室盡忠，又防止其他勢力籠絡，一石二鳥。

眾人心中或有不滿，或有可惜，但都不能說出來，還得齊聲高呼聖上英明，恩賜良緣。

五皇子被突然的天大好姻緣砸昏了頭腦，好半天才反應過來磕頭謝恩。對這段姻緣他自然是小心翼翼捧在手上，怕未來娘子不喜自己，還時不時尋了各種由頭往冠英侯府跑，給未婚妻捎各種零食、小玩意兒，正是春閨夢裡，情竇初開的好年紀，景家大小姐曾經也是甜蜜過的。

蘭姐兒看在眼裡，羨慕不已，直道：「好生羨慕姐姐，若是以後我也能有未來姊夫這般姻緣，那我也會好好把握住的。」

她嘴角含笑，豔麗的容顏光彩照人，舉手投足之間俱是少女的嬌俏，神情也帶了些與官家小姐不同的叛逆，但在她身上卻是萬般靈動，晃暈了前來看望景家小姐的五皇子。

景家小姐與五皇子成親五年後，先帝身子突然大不好，連遺詔都已下好了，除了讓各皇子開府獨過外，還遣了景父駐守邊疆，沒有帝王的旨意，永世不得回京。

此旨一出，舉京譁然。

一時之間，眾說紛紜，猜忌四起。

最可信的說法，莫過於是先帝早就忌憚景家的權勢，但又不得不靠景家守著一方邊疆，先前下嫁景家女都以為是防奪嫡，原來卻是削弱景家的開始。

旨意一下，景家來不及悲痛震驚，便被催令上路。

事發突然，景母來不及準備，只得匆匆收拾了些什物帶了幾個忠心的家僕隨夫君上路，景家長子、長媳自然是要跟著去的，但蘭姐兒從小沒吃過苦，她的親事也剛剛在京中訂下，不得已只能託付給已冊封為永康王妃的景大娘。

景大娘那時剛剛懷了第二胎，母族突遭變故也只能強忍著悲憤與不捨，向母親保證一定會讓蘭姐兒風光出嫁，到了邊疆後切記萬事小心，等她有機會，定要去邊疆看望他們。

但所有人都知道，自此一別，怕是永世不得相見了。

景大娘帶著當時已有四歲的景賦生目送父母兄嫂上路，心中祈禱著各路神明讓家人平安。

但老天爺似乎是年紀大了沒有聽到，冠英侯離京四月，鄰國暴亂，在邊疆擾亂，冠英侯率領部隊迎敵作戰，卻被潛伏的暗衛刺殺，群龍無首，軍心大亂，敵軍乘機入侵邊城，一時屍首遍野，哀鴻遍野。

景家長子與主母率領守城將士與城民奮起抵抗，硬生生將敵軍抵擋在城門之外，直到援軍趕來，只可惜，景家主母也不幸遇難。

戰事傳回京城，重病的先帝先是褒獎了冠英侯夫婦英勇無懼為國捐軀，緊接著卻又呵斥了冠英侯任性輕敵，白白葬送了邊城將士和百姓的性命，最後功過相抵，念在冠英侯一生勞苦功高，只追封了一個可有可無的武忠大將軍，連屍首都未命人抬回京城厚葬。

景大娘得知了消息後，回到王府便哭暈在房裡，腹中胎兒也未保住，而那日，永康王連看都未去看她一眼。

所有人都看得出，先帝這是鐵了心要將景家打壓到底了，或許他早就因為忌憚景家而變了心，也或許是病得太重失了智，又或許是知道自己人之將死，將對景家的恐懼都發洩出來。

總之，往日門庭若市的冠英侯府說空就空，連秋葉灑掃都無人再管。

心寒的臣子冒死求情，但先帝已經聽不到了，他病得太重了，又不允許皇后、太子擅自離開，群臣使盡渾身解數依舊沒能為冠英侯求得最後一絲體面，哀莫大於心死，太子還未登基，朝中便已人心渙散。

幾日後，先帝駕鶴西去，留給新帝一堆爛攤子。

林滿聽他們講述了前塵往事，才知道景大娘竟然是忠良之後，心中除了佩服，更多的是心酸，自古伴君如伴虎，就算冠英侯一心只為帝王服務，卻還是免不了被猜忌和打壓的下場。

心中難受，眼中自然就帶了淚出來，她忙拿帕子擦掉，唯恐情緒影響幾人，到時候惹得大家一起哭。

景賦生伸手為她擦掉眼角殘留的淚水，他面色還算平靜。「妳現在哭了，那後面的故事豈不是要讓妳提刀上京去宰人了？」

林滿瞪了景賦生一眼，這個時候竟然還有閒情開她玩笑，自己的傷疤被揭起來他竟然還裝作沒事人似的，若不是他眼中的波濤出賣了他的心情，林滿差點就相信他。

「嗯。」林滿不知道自己在應什麼，發出的音只有濃濃的鼻音。

「那我繼續給滿娘講，我們是怎麼來到小蒼村的，嗯？」

林滿點了點頭，她直覺著，景賦生將這些事藏在心中多年憋悶不已，現在正是能傾訴的時候。

屋裡其他幾人見他們兩人恍若無人的互動，知趣地不出聲。

京中的事是景賦生的心病，不吐不快，而林滿，正是最好的聽眾。

先前是幾人說著，而現在，只有景賦生一個人講。

先帝去時他已有四歲，已經是能記事的時候，他清楚地記得冠英侯府沒落後，他與娘親在永康王府的日子有多艱難，京中的人大多看碟下菜，蘭姐兒的婚事自然也被退了，男方說等不起蘭姐兒守孝三年。

那時候他是真心為蘭姨難受，小時候還不大辨得好壞，被退親的蘭姐兒平靜得要命，甚至還對著景賦生笑，那時候他以為，蘭姨是難受到不正常了。

現在想來，她是真的高興吧，儘管下人們都在私下裡笑話著她，她也不甚在意，畢竟說親的人家，只是一個正四品的中書侍郎次子，如何能和堂堂的天家血脈相比？

景家人在永康王府的日子難過，母親臥病在床，府裡一眾事務落在了一個姨娘身上，明裡暗裡使絆子，幾人猶如在水火之中，直到……那一個混亂的夜晚。

永康王醉酒進錯了房，眾人眼中冰清玉潔的蘭姐兒失了身，府中大亂，永康王妃拖著重病身子去了那院裡，永康王不知所措地站在原地，酒已經醒了大半，蘭姐兒聲淚俱下，見姊姊來了，喊了一聲無顏再見姊姊，便一頭撞向柱子，若不是下人攔著，後果不堪設想。

永康王妃本就身子不好，一驚一嚇差點暈了過去，她死死抓住跟著來的兒子的手，指甲刮破了兒子的皮都未發現，好不容易才說出了話。「木已成舟，王爺，擇個日子，抬蘭姐兒進門吧！」

蘭姨變成了蘭姨娘，小景賦生心中說不出的複雜。

景家辛辛苦苦養大的外女，到最後卻是和主家的女兒共事一夫，沒有比這更諷刺的了。

母親病得更重了，蘭姨娘日日守在床前，親奉湯藥，每日都說著懺悔的話，人消瘦了一大圈，不復往日明豔，只有小家碧玉般的素淡，更惹人憐愛。

那時候沒有哪裡不對，母親心裡那點介懷一點點被妹妹的溫柔討好抹去，往日跟在自己身後嬌嬌俏俏叫著姊姊的人，瘦得皮包骨，景大娘心疼不已，最終還是忍不下心腸恨她。

「何至於此？」

景賦生在母親屋裡讀書，他放心不下母親的身子，身為永康王府的嫡長子，下人到底明面上不敢苛責他，有他坐鎮，母親房裡的人也不敢偷奸耍滑。

他聽見蘭姨娘沙啞著聲音，痛哭道：「到底是妹妹的錯！」

現在回想起來，景賦生嘴角只有一抹嘲笑，她說得沒錯，到底是她的錯。

那時候的所有人，包括自己和母親卻都不這麼認為，若不是永康王醉酒，蘭姨娘何苦會遭受這麼大的冤枉？本可以成為他人的正妻，卻偏偏成了妾室。

然而若仔細想想，便能察覺出不對，蘭姐兒有自己的院落，離主院也不算近，永康王以前又不是未醉過酒，怎偏偏這麼巧？蘭姐兒退親不久後，他在自家府裡迷了路，去了蘭姐兒的院裡呢？到底是有什麼事，不得不在晚上去那院裡呢？

其實永康王對蘭姐兒也有情，心頭硃砂痣、白月光，讓他認為得不到的就是好的，男人的胃口吊得差不多了，就該讓他吃到點甜頭了，至於後面的發展是巧合還是意外，那就不得而知了。

所有人都覺得蘭姨娘無辜，連永康王都這麼覺得，心裡那張一直藏在心底深處的明豔臉龐為自己失了色，他心疼得嘴都在發苦，卻又莫名滿足。

到底，她成了自己的女人。

景賦生越發覺得可笑，林滿也聽出些味道來。

蘭姨娘無論怎麼看都是最無辜清白的，她若是沒有退親就發生這種事，這個對女人苛刻的時代，口水都能將她淹死，哪裡還有什麼名聲？

而且她是被醉酒姊夫強要了身子，怎麼也不能說她一句行為不檢點，蘭姨娘被迫與姊姊共事一夫，她是最可憐，最無助的。

高門大戶哪裡有心思純正的人？這根本就是郎有情、妾有心，蘭姨娘不過引魚上鈎，然後還能把自己摘出去。

林滿由衷佩服，先且不說這永康王有多渣，這簡直就是白蓮花的最高境界啊！

第三十章

一時間府外、府內諸多事情折磨著永康王妃，好在她還記得自己兒子尚小，若是她一直這麼消沈下去，永康王府怕是要換個當家主母了。

永康王妃強打起精神，中間她雖說十分小心仔細，但還是養了許久才將身子養好，畢竟永康王妃現在沒了娘家支撐，已沒有用處，她過世了頂多按嫡妻之禮安葬了，誰會在乎她的死活呢？

王府裡想要她死的人很多，可能是那位暫掌權的姨娘，可能是府中有其他心思的人，又或者是，她的夫君永康王。

但她好在熬過來了，為了兒子，她也不能這麼消沈下去。

蘭姨娘對姊姊的振作十分高興，每天歡歡喜喜地來和姊姊聊聊天、說說話，但小景賦生卻覺得這樣的蘭姨，陌生得緊。

她的眼神像是在看著獵物，甚至偶爾透露出幾分不耐煩來，但那時候的永康王妃亟需有親人站在身邊幫扶自己，對正受寵的蘭姨娘，她付出了十二萬分的信任。

小景賦生提醒娘親，除了自己，誰都不要信。

「傻孩子。」永康王妃慈愛地摸著自己將要臨盆的肚子，笑著道：「你看，這肚裡的小寶寶，不就是你蘭姨娘帶來的嗎？」

小景賦生低著頭，雖說看起來姨娘與母親一如既往的姊妹情深，可一想起蘭姨娘的眼神，他就覺得不對勁。

他開始胡亂猜測。

永康王妃養好身子後，永康王卻留宿甚少，一年也不過兩、三次，直到蘭姨娘受了孕，再也服侍不得，永康王在蘭姨娘的勸說下，才記起這位髮妻還有得用處。

原因無他，嫡妻到底是正，就算他再寵愛蘭姨娘又如何？只要永康王妃願意，便可以將蘭姨娘的孩子養在膝下，她才是真真正正的母親。

要求合情合理，他還反駁不得。

那是他與蘭姨娘的孩子，怎能交給她來養？

永康王為了哄永康王妃，到底還是與髮妻處了一些日子，如此，永康王妃終於懷上了第三胎。

小景賦生越想後背越發冷。

母親現在對蘭姨娘十分信任，他到底沒有十足證據，若這麼說出來，母親定然是不信的，或許還會以為自己是被有心人挑唆了；再者，他自己也不是十分肯定，畢竟若是母親倒了，蘭姨娘不僅沒有好處，還失了一個在永康王府的靠山。

不久後，蘭姨娘先行誕下一名男嬰，永康王妃緊隨其後誕下一名女嬰，取名景福卿，寓意福澤不斷，伴卿永生。

林滿聽到這裡，就知道故事要開始不尋常了，蘭姨娘在永康王府中有永康王寵愛，又有兒子傍身，豈能甘心只做一個妾室？

她將自己的想法說出來，景賦生讚許地看著她。「滿娘想得沒錯。」

那時候新帝堪堪穩住動盪的朝綱，他心中一直為先帝的所作所為對景家有愧，想彌補一二。

本想接冠英侯夫婦重新入京安葬，且不說滿朝議論，光是景家長子景江嵐也不願父母屍首長途奔波回京再次安葬，怕擾了父母英靈，而邊疆，那是父母親用鮮血守住的地方，他定要誓死守護住。

新帝無奈，一腔愧疚之心只能在永康王府身上找些安慰，他讓景賦生進宮與自己一同向太傅學習就可見一斑，這個時候永康王府兩位景家出身的女兒都添了喜，自然要一番賞賜，永康王抓住機會遞上摺子，蘭姨娘搖身一變，成了蘭側妃。

小景賦生得到與帝王一同學習的機會，自然抓得緊緊的，他越發覺得蘭側妃不對勁，可沒有人信他，他只能努力出息，讓母親有所依靠，誰也欺負不得。

好在他天資聰穎，勤奮刻苦，又有太傅親自教習，在帝王旁的見識都不一般，所學所獲早已不是同齡人可以比擬。

他滿十歲那年，便不知不覺位列京中才子之首，他雖為永康王的兒子，但也是景家外甥，有眼睛的人都能看得出，新帝想要彌補冠英侯夫婦，景家又有復起之勢。

那時候永康王府的庶子與福娘已有五歲，他倆早早地就開了蒙，福娘看著年紀小，學東西卻快，最愛的便是繡小絹子，上面繡著小花、小鳥，栩栩如生。

而庶子就略顯笨拙一些，三字經都還未唸全。

景賦生稍微放鬆了一些，覺得自己再加把勁，也能為母親與妹妹撐起一片天。

林滿算了算，景賦生滿十歲那年，不就是逃來小蒼村的那年嗎？

她看著景賦生的側臉，忽然有些不想聽下去了，要經歷怎樣殘忍的事才能從雲端跌落到泥裡呢？他還未說，她卻是光想著就疼了。

景賦生繼續回憶著，蘭側妃那年又生了一子，地位更加牢固，她自升為側妃後，便和王妃一同打理事務，王妃信任她，並沒有發現府中得用的人早已換成了別人的心腹。

景家復起，在外人眼中，對永康王妃和蘭側妃是天大的好事，但景賦生卻明白，對王妃是好事，對永康王和蘭側妃來說，卻未必。

若景家真的復起，永康王勢必又要被王妃壓一頭，看髮妻眼色行事，而蘭側妃，永遠都沒有機會坐上正位了。

景家做靠山？

蘭側妃覺得那簡直就是個笑話。

沒有誰比自己更能靠得住，她要做，就要做堂堂正正的永康王妃。

現在的永康王妃勢頭正好又如何？那也得有命享才行。

自景家出事以後的每月十五，王妃與蘭側妃都會去金光寺祈福，這月一如既往，兩人坐在簡素的馬車之中，身後只跟了十餘僕從，連往日開道的家兵都省了，一切從簡。

這是蘭側妃提出來的，託佛祖庇佑，她們姊妹兩人日子也算是重見光明，在京中再也不用看那些貴婦的眼色，她們更應從心裡敬謝佛祖，大張旗鼓的，反而擾了佛祖清淨。

妹妹的話王妃一向聽得進去，覺得這話不無道理，便省了一眾禮儀，只如普通富庶人家裝扮，引不起任何注意。

永康王妃以為這不過是一場普通的祈福，哪知，卻改變了她一生的命運。

寺廟被歹人劫持，素齋中下了不知名的劇毒，她的兒子失蹤，女兒差點命喪於此。

而她打心眼裡疼愛的妹妹，站在自己夫君身旁，嘴唇嬌豔如血，笑得花枝亂顫，搽著豔麗蔻丹的指甲輕輕刮著她的臉龐，而後一路滑向咽喉。

她眼中充滿了悲憫與可笑，嬌滴滴地說著話。「姊姊呀，妳與福姐兒慘死於歹人手下，是妹妹無能，護不了妳呀，妹妹一定會找到生哥兒，妳猜，他會是什麼樣呢？嗯？」

永康王妃說不出話，蠢鈍如她，現在才明白這不過是一場局。

什麼輕車簡從，什麼歹人，什麼劇毒……都是她這個好妹妹一手策劃的啊！

王妃目眥盡裂，使勁全身力氣撲向那朵蛇蠍花，卻被人死死攔住，只能發出獸鳴般的咆哮。「生哥兒！妳還我生哥兒！」

「姊姊！」女人的聲音還是嬌得能滴出水來。「妹妹猜想，找到生哥兒的時候，他可能因為劇毒而喪了命，也可能變成了廢人，妳說說，妳想要哪種呢？我要是姊姊，我就選死掉好了，反正以後是個廢人，連子嗣都不能留下，活著豈不是折磨？妳說是吧，我的好姊姊！」

「啊——」

永康王妃無力地跌坐在地，木已成舟，她再掙扎也無濟於事。

她在王府中鬥姬妾，在外與誥命夫人周旋，沈浮幾載，卻是為他人做了嫁衣。

她敗了。

「讓我，最後見一面生哥兒吧。」

永康王好在還有最後一絲夫妻情義，讓他們母子三人團聚。

十歲的景賦生躺在幽暗的隔間，七竅流血，意識渙散。門開的那一刻，他彷彿看見母親嚎啕著向他撲來，他想讓母親快逃，帶著妹妹逃得越遠越好。

永康王妃金光寺私會情夫，卻不想遇到歹人劫持寺廟，故而敗露，王妃與小郡主慘死歹人手下，世子身中劇毒，生死未卜……

這裡是一場局，他聽見了。

景賦生嘴角含著一絲冷笑，流血的眼睛死死盯住門外的華服男人。

那是他的父親，為了一個女人，卻要他死。

永康王對上那對眼，裡面恨意滔天，冷如冰霜，彷彿伸出一隻手來，要帶著他一起墜入地獄。

寒毛直豎，冷汗濕背，永康王驚恐的退後了一步。

「你……你……你們去死吧！」這是那位所謂的父親，對他說的最後一句話。

小景賦生再也支撐不住，暈死過去。

景賦生說得沒錯，林滿此刻確實是想提刀上京宰人了。

只是聽他們講述一次，她就已經氣血上湧，心緒久久無法平靜，腦子裡面就跟驚雷一道道炸過去一般。

天家冷血，林滿見識到了。

她忍不住抓住景賦生的袖子，想說點什麼，但話在口裡兜兜轉轉了幾圈，卻是一句話也說不出來，她無比恨自己的語言貧乏。

景賦生眼白泛著不正常的紅，太多的情緒糅合在一起，眼睛裡面都快裝不下了。

「你們，最後是怎麼逃出來的？」

「我們幾個被他們關在伸手不見五指的屋子裡，本以為要命喪於此了。」接話的是景大娘。「那對賤人千算萬算，什麼都算進去了，卻算漏了最重要的一樣。」

永康王與蘭側妃在金光寺製造了那麼大的騷亂，卻不想金光寺出事不久後就傳到陛下的耳朵裡。

當今陛下惜才，原本對景賦生的優待是對冠英侯的愧疚，後來卻發現這人確實是難得的可塑之才，便有意培養，對他的事情也多上心了幾分。

陛下派的人來得迅速，永康王與蘭側妃措手不及，在前方想方設法拖住皇帝的人馬，景家母子這邊一時半刻顧不上，給了他們可乘之機。

只是景大娘到底是一介弱女子，帶著女兒和中了劇毒的兒子動作不快，還未見到陛下的人，倒是撞見了永康王派來的殺手正在尋他們。

景大娘一路躲閃，慌慌張張帶著孩子跑進了後山，便錯失了與皇家的人相見的機會。

那時她怕極了，在京城娘家無人，後面還有殺手追趕，她哪敢再回頭，有陛下相護又如何？那也要有機會見得著面才行。

她又驚又恐，帶著孩子胡亂奔逃，順著後山出了京城，最後熬不住暈死在路旁。

「到底老天爺憐惜我們母子三人，命不該絕，被去往釧縣的商隊所救，我乾脆就跟著他們一道走，商隊有人是小蒼村的，說了村子的情況，我覺得再適合我們三人不過，便當了身上所有值錢的東西，在那兒落了腳。」

釧縣便是小蒼村所在的縣，縣管鎮，鎮管村。

林滿聽完後，只道景大娘福大命大，可真正是絕境逢生。

——未完，待續，請見文創風821《廚娘很有事》下

廚娘很有事 上

國家圖書館出版品預行編目資料

廚娘很有事 / 不吐泡的魚著. --
初版. -- 臺北市 : 狗屋, 2020.02
冊 ; 公分. --（文創風）
ISBN 978-986-509-077-7（上冊 : 平裝）. --

857.7　　108021882

著作者　不吐泡的魚
編輯　余一霞
校對　沈毓萍
發行所　狗屋出版社有限公司
地址　台北市104中山區龍江路71巷15號1樓
電話　02-2776-5889～0
發行字號　局版台業字845號
法律顧問　蕭雄淋律師
總經銷　知遠文化事業有限公司
電話　02-2664-8800
初版　2020年2月
國際書碼　ISBN-13　978-986-509-077-7

本著作物由北京晉江原創網絡科技有限公司授權出版

定價250元
狗屋劃撥帳號：19001626
網址：love.doghouse.com.tw　E-mail：love@doghouse.com.tw